若さま同心　徳川竜之助【一】

消えた十手

風野真知雄

双葉文庫

目次

消えた十手　若さま同心　徳川竜之助

第一章　妻恋坂

一

「若、若、お待ちを」

「なんだよ」

「すこしお待ちを」

「いやだよ」

呼び止められても竜之助《りゅうのすけ》は足を止めない。振り向きもしない。

廊下から庭へ降りると、家来の住まいなどの建物が立ち並ぶあたりを避けて、緑陰濃い庭のほうへと向かった。

「や、ややや。そのお姿は？」

すがりつくように前に回ってきた支倉辰右衛門《はせくらたつえもん》は、この家の用人である。

「旅に出るのだ」

竜之助は、きっぱりと言った。手甲脚絆《てっこうきゃはん》に荷物を持っている。

「ちょっと、足を止めて」

「嫌だ」

どんどん歩いていく。

広い庭である。屋敷の敷地は、一万三千八百坪ほどある。とくに濠《ほり》に面したほうの庭は大木が繁り、その下の道は薄暗く、森に迷い込んだようである。じっさい狐や狸が棲《す》み、夜にはふくろうが鳴き、むささびが飛ぶ。とても江戸にいるとは思えない。

ところがこの屋敷、広いようだが、心をのびやかにはしてくれない。

「旅ですと？　どちらに？」

「わからん。あてなどない。武者修行でもしながら、足の向くまま、気の向くまま」

歩きながら答えた。

「おやめください」

「世の中は混乱しております。脱藩した浪士たちが諸国を徘徊《はいかい》しています」

「なぜだ？」

「だから、よいのだ」

関所などは、もともと抜け道だらけだったらしいが、このところは通行も楽だと聞いている。まさに諸国漫遊、武者修行にぴったりの時代ではないか。そういう時代を待ちに待っていた。

旅は憧れだった。

唐土《もろこし》の詩人はうたった。

「浮き雲は心遂げやすし」と。

芭蕉《ばしょう》翁は、

「片雲の風にさそわれて、漂泊の思いやまず」と、書いた。

十代のころからの願いだった。家の名とも、身分とも係累ともかかわりなく、自分の腕一本でこの世を歩きたい。思うままに闊歩《かっぽ》したい。ずっと、肩のあたりを押さえつけられているような、重苦しさを感じて生きてきた。

視界が開け、池のところに出た。

九月（旧暦）の高く青い空が、蓮の葉が点在する水面《みなも》に映っている。ひすいの色をした翼をひるがえし、かわせみが池の端の棒っ杭にとまった。どこか遠い田舎の景色のようである。

その池の縁を大きくまわりながら進む。竹と笹でおおわれた高い築山《つきやま》があり、曲がりくねった細道を上り、巨大な石組みのあいだを抜けた。石は苔むして、山水画に描かれる山々のようである。

「なぜ、そうまでして剣術を? 江戸にも、いや、むしろ江戸のほうが、剣術の達人はたくさんいるはずですぞ。この屋敷にだって、腕の立つ者が大勢いるではありませんか」

と、支倉は息を切らしながら言った。

「馬鹿。屋敷の者なんか、手加減ばかりするから、ここで剣術を習っていても、どれくらい腕が上がったのか、さっぱりわからん」

「何をおっしゃいます。先日も、ここに教えにきた一刀流の新野五郎兵衛《しんのごろうべえ》を見事に打ち据えたではございませぬか」

他流試合がしたいだの、武者修行に出るだのとうるさいため、支倉は市井の道場主を呼んできた。

新野五郎兵衛道場は、神楽坂《かぐらざか》を上がったところにある。門弟を百人以上抱える大きなところで、道場主はそこの高弟二人をつれてやってきたが、竜之助は三人とも苦もなく打ちのめした。高弟の片方などは身の丈六尺を超す大男だったが、竜之助の突きを受けて吹っ飛び、四半刻（三十分）ほど目が覚めず、死なせてしまったのかと心配したほどだった。

「あいつらか。どうせ、名前に遠慮して、手を抜いたに決まっている。こんなところに呼んだって駄目なのだ。こっちから行かなければ」

「手など抜いておりません。若さまにあるまじき強さと、驚いておりましたぞ。うっふっふ」

支倉は手もみしながら、嬉しそうに笑った。

「喜んでいる場合ではあるまいが」

「そりゃあそうです」

支倉はふいに眉《まゆ》を寄せた。

「それほどまで旅に出したくないのなら、奉行所の同心にわたしを推挙しろ」

「同心に？」

「そう、同心だ。与力では駄目だぞ」

武者修行と並んで、奉行所の同心というのも、昔からの憧れだった。

市井の人々と接し、磨いた剣の腕で、この世の悪を懲《こ》らしめたい。

「今度の南町奉行は、なんと言ったか……」

と、竜之助はまだ歩きながら言った。

「小栗忠順《おぐりただまさ》でございます」

と、支倉は自慢げに答えた。

「わが一族の者で、それはたいしたやつでございます。わたしも早くから目をかけ、物心両面で助けてきましたから」

「だったら、頼めるだろう」

「それはそうですが、そんな頼みは聞き届けてくれるわけがありませぬ」

「頼んでもおらぬくせに、わかるか」

「わかりまする」

「では、旅に出る。武者修行か、町奉行所の同心か、二つに一つだ。わたしだって、この家でずいぶん我慢を重ねてきた。それは、そなただってわかっているだろう」

竜之助はすこし悲しげな顔になってそう言った。

「それは、まあ……」

支倉はよくわかるのである。いまでこそ、竜之助を縛ってきたものは、ずいぶんゆるくなったが、とくに十代のはじめごろといったら、無視しながら、そのくせ厳しく行動を制限するというのが、この若に対するお家のやり方だった。

――蛇の生殺しのように……。

それが、この若にとって、どれだけつらい日々だったか。当時、力のある筆頭用人が存命で、支倉一人が抵抗しても、どうにもできなかった。

「だから、そろそろわたしの希望も認めろ。爺《じい》」

「は」

支倉もつらいところである。

「旅に出れば、行く先々で真剣の果し合いもすることになろう。そなたの顔を見るのもこれが最後かもしれぬ。じっと見ておこう」

歩きながら、本気でじっと見つめた。

支倉は竜之助が生まれたばかりのころから、ずっと身近にいた。その竜之助に見つめられたりしたら、よちよち歩きだったころのことまであっという間に思い出してしまう。かわいい顔をしていた。幼年のころは、母が身近にいないため、寂しそうにしていることも少なくなかった。正直、自分の倅《せがれ》よりも心配してきたのである。

「若……」

不覚にも、嗚咽《おえつ》しそうになってしまった。

「お待ちを。頼んでみます」

「そうか」

ようやく竜之助の足が止まった。

目の前に大きな門がある。江戸城北の丸の田安門《たやすもん》である。田安家の広大な庭も、ここで途切れる。

「田安の若さまがですか？」

「さよう」

「町奉行所の同心になりたいと？」

「うむ」

「これは驚いた」

「わしは驚いたではすまぬ」

「ふうむ……」

と、考え込み、

「まあ、いいではないですか、支倉さま」

南町奉行小栗忠順は笑ってそう言った。決断はいつも早い。

小栗豊後守《ぶんごのかみ》忠順。まだ三十五歳の若さである。のちに知られる上野介《こうずけのすけ》に任じられるのは、この翌年である。

この男、恐ろしく忙しい。いま、幕府でいちばん忙しい男かもしれない。

町奉行は激職で知られる。当番の月も非番の月も、休みというのがない。それが勘定奉行を兼務しているのだ。兼務させる幕府もただごとではないが、受けてそれをこなす小栗の能力もただごとではない。

小栗家というのは名門である。二五〇〇石の旗本。だが、名門だから優遇される時代ではなくなっている。

学問が優秀だったのはもちろんだが、剣も柔術も砲術も学び、十二のときから煙草をふかしながら、大人と対等に議論をしてきたという男である。

出仕すると、たちまち頭角を現し、ポーハタン号でアメリカにも行ってきた。

支倉とは遠縁にあたるが、忠順の優秀さは親戚中でも有名で、支倉もずいぶん面倒を見てやってきた。

その風貌だが――。

頭が大きい。額があきれるくらい広く、顔は細おもてである。

「いいだと、小栗？　同心にするというのか？」

支倉はその額のあたりを見ながら訊《き》いた。

まさか引き受けるとは思わなかった。断わられ、次は武者修行をどうやってなだめようかと苦慮していた。武者修行よりは、江戸にいて、まだ目が届く分、同心のほうがましなのである。

「ええ」

「本当にいいと思うのか？」

「どうせすぐ音を上げますから」

「そうか」

「端で憧れるほど、同心なんぞはいい仕事であるはずがありませんよ」

「やはりのう」

「剣のほうは、すこしは使えるのですか？」

小栗も自信があるから、からかうような口調になる。

「これが、すこしどころではない。下級武士あたりに生まれていたら、まちがいなく剣の腕だけでその名を轟《とどろ》かせていたであろう」

「ほう。それは頼もしい。もっとも、同心というのは、ああ見えても、たいした揉《も》めごとには無縁でしてな。斬ったはったは火付盗賊改めのほうがやってくれますから」

「ああ、火盗改めがな」

支倉だって、剣などやたらに抜かないでもらいたいと思う。

「だが、支倉さま。その若さま、逆にいくつか運に恵まれたら、将軍の目だってありますでしょう」

「そこまではどうか。まあ、まったくないわけではあるまいが」

「あるいは、いったんどこかに養子に出ていただき、幕閣に加わっていただくとか」

「そうしたいと言っている向きもあるのだが、ただ、当人はまったく望んでおらぬ」

「同心のほうがいいと？」

小栗はあきれた。

「さよう」

「同心など、町人たちが陰でなんと呼んでいるか、おわかりなのですかな。木《こ》っ端《ぱ》役人ですぞ」

「知っているみたいだった」

「そんなに小さな生き方がしたいのですか、若者のくせに」

と、小栗は皮肉な笑みを浮かべて言った。

「小さい生き方とは思っておるまい。とにかく、あれこれと縛られるのが嫌でたまらぬらしい」

「なるほど」

小栗はうなずいた。同心だって縛られることは多いが、所詮は下級武士である。期待されるものが少ないだけに、適当にやれたりする。だが、田安の若さまはそこまで見通してのことなのだろうか。

「ところで、小栗、若を奉行所に入れるとしたら、どうするのだ？」

「なあに、こんなどさくさの時代ですからな、同心一人を入れるなんてことはどうにでもなりますよ。潰れた同心の家でも、一つ復興させたことにすればよいでしょう」

小栗はきっぱりと言い、腹心の家来である小田晋八郎《おだしんぱちろう》を呼んで、てきぱきと竜之助を同心に仕立てる指示をした。

二

「うぉお、こりゃあ、いい」

八丁堀にある同心の役宅の座敷に、竜之助は思い切り手足を伸ばして寝転んだ。

すこしカビ臭いが、そんなことはまったく気にならない。

昨夜、ここが役宅だと教えられ、今朝、明け六つ（午前六時）を待ちきれず、支倉を置いて先にやってきた。

喜ぶほどの家ではない。

狭い役宅である。ふつう同心は百坪ほどの屋敷があてがわれるが、ここは変なかたちの角地に当たっているので、七十坪くらいしかない。

しかも、八丁堀のなかでも、奉行所からいちばん遠いところにある。ずっと空き家になっていたのも当然なのだが、竜之助はそんなことは思わない。

「最高だ」

狭い庭を眺め、すりきれた畳をこすりながら言った。

だが、腹が減ってきた。朝飯も食わずに、出てきたのだ。

立ち上がって、台所をのぞいた。

釜と鍋がある。茶碗も幾種類かはある。誰か来て、準備をしておいてくれたらしい。

土間には、土を焼いてつくった四角いものがある。真ん中のところが、えぐれている。ここに釜や鍋をのせて、下で火を熾《おこ》すのだろう。たしか、へっついと言ったはずである。

飯なんか自分で炊いたことはないが、どうせ釜か鍋に米や野菜を入れて、温めればいいのだ。

——水は入れるのだったかな？

わきに大きな甕《かめ》がある。水甕らしい。

のぞくと、ちゃんときれいな水が入っている。

ひしゃくで汲んで、ごくごく喉を鳴らしながら飲んだ。水はやはり、田安の井戸のほうがうまい。

へっついのわきの木箱には、米も入っていた。それをつまんで齧《かじ》っていると、

「ひどいところですな、若」

と、支倉辰右衛門がやってきた。

「よう、爺。ひどくなんかない。なかなかいい住み心地だ。だだっ広い屋敷で小さくなって暮らすより、よほどせいせいするぞ」

「若、あちらにも三日に一度はお帰りくださるよう」

「ううむ。二度と帰りたくなくなるかもな」

「そのようなことになりましたら、小栗もろとも爺がクビにされるとお覚悟をしていただきませんと」

「わかったよ。それがへっついだろ。この釜で飯を炊くのだな」

「飯炊きなどお気になさらず。飯炊き女は連れてまいりましたから。ほかにも若のこまごました仕事をやらせます」

「なんだ。全部、自分でやるつもりだったのに」

「これ、出てまいれ」

いままで隠れていたらしい。ひょいと顔を見せた。

若い女である。目が大きく、どこか仔猫のような顔立ちである。

「あ、やよいではないか。だめだ、帰れ」

竜之助はあわてて言った。

田安家に大勢いる奥女中の一人だが、支倉の用事をおもに受けていたらしく、去年あたりからは竜之助の世話もしてくれていた。奥女中というのは竜之助が見るに意地の悪い女が多かったが、やよいはそんなことはなかった。ただし、このやよい、とにかくやたらと色っぽい。

色っぽすぎて、竜之助は苦手なのである。それはもちろん若い男だから、ときにはくらくらっときて、思わずむしゃぶりつきたくなるときもある。

だが、そんなときは、

——あいつはまずいぞ。

と、必死で自分を押さえつけてきた。あれに、手を出したら、わたしは終わりだと。せっかく鍛えあげた鋼のような身体は、とろとろになって締まりを失い、気持ちだって塩をかけたなめくじみたいにだらけてしまうにちがいない。

——きっと魔性の女とは、やよいのようなやつを言うのだ。

竜之助はそう思ってきた。

「だが、やよいしか都合がつきませんでした。ご勘弁を」

「いや、まずい」

「あら、竜之助さま、変」

と、やよいが口をはさんだ。こういう馴《な》れ馴れしいところも困るのである。歳は竜之助より二つ三つは下のはずだが、色っぽさや馴れ馴れしさのため、どうしても気後れしてしまう。

「なにがだ？」

「そんなに拒絶なさるなんて、なんだかやよいに気があるみたい」

「ば、馬鹿なことを言うな」

「だったら、よろしいではありませんか。あ、早くご飯の支度をいたしませんと」

やよいはさっそく台所に立った。

どこになにがあるか、すべてわかっている動きである。先にここへ来て、いろいろ準備していったのは、やよいだったようだ。

「では、若。あとは小栗にまかせたので、とりあえず頑張ってみてください」

と、支倉はすっきりしない挨拶《あいさつ》をして帰って行った。

——仕方ない。やよいは二、三日置いて、叩き出そう。

そう思い直した。

しばらく庭で剣を振っていると、

「若さま。お食事の支度ができました」

と、やよいが縁側にやってきた。

「よし、食おう」

腹が減っては戦さはできない。

お膳には、山盛りの飯と茄子《なす》の味噌汁、タクアンに生卵が載っている。屋敷にいるときもこのような朝飯である。ただし、竜之助は質素なつもりでいたが、卵というのは庶民は滅多に口にできないごちそうなのだとは聞いたことがあった。

一口食べて、竜之助はあきれた顔をした。

「これはうまい。うますぎる。やよい、贅沢《ぜいたく》はいかん。同心が食う飯を出せ」

「あら、皆、こんなものでございますよ」

「え、八丁堀の同心は、こんなうまい飯を食っているのか？」

と、驚いた。町人たちを脅したりして、賄賂《わいろ》を取りすぎているのではないか。給金はひどく安いはずなのに、そうでもしなければ、こんな贅沢はできるわけがない。

「それはそうでございましょう。つくり方がちがいますもの」

「どうちがうのだ？」

「お城もそうらしいですが、田安家のお屋敷でも、米は炊くのではなく、蒸しているのですもの。あれでは、あんなふうにぼろぼろした強《こわ》い飯になってしまいます。飯はこうやって手のひらを当て、甲が全部漬かるくらいの水で炊きます。火加減ははじめちょろちょろ、なかぱっぱ、赤子泣いてもふた取るな。こうやればおいしいご飯が炊けるのです」

「なぜ、田安では蒸すなんてことをする？」

「なぜなのでしょう。それがしきたりだからでしょうか。しかも、何回も毒味をなさいますから、お口に入るときは冷めていたり、温めなおしたりしていますもの。まずくなって当然ですよ」

「そうなのか……」

どうも、自分はふつうとはずいぶんちがう暮らしを送っていたらしい。

あっという間に食い終えて、出仕の準備をした。

髷《まげ》は八丁堀の同心らしく、小銀杏《こいちょう》に小さくまとめてある。着流しに羽織を着た。紋は三つ葉葵《あおい》ではまずいので、適当な紋をでっちあげた。なんだか犬や猫の顔に似ている。

「どうだ、やよい？　似合うか？」

「まあ……」

似合うのである。これが嫌になるくらいに。

特段いいものを仕立てたわけではない。ほかの同心たちが着ているようなものだが、長身瘦軀《そうく》の竜之助が着ると、俄然、颯爽《さっそう》として見える。

「お似合いです、若さま」

やよいは、うっとりと見つめてくる。

「よいよい。それ以上は褒《ほ》めるな。では、行ってくる」

あわてて身をひるがえした。

同心暮らしの一日目が始まった。


小栗忠順は、障子を小さく開け、中庭の反対側にいる徳川《とくがわ》竜之助を見て、

「苛々《いらいら》しているようには見えぬな」

腹心の家来の小田晋八郎に言った。

「ええ。いっこうに」

初日の挨拶に来た竜之助を、わざと待たせている。

ここからは横顔しか見えないが、その横顔は悠然としている。若き太公望がフ

ナでも釣っているような顔である。

「あやつ、座禅でもやっていたのかな」

「そのようにも見えますな」

「待つことができる男というのは、なかなかいないぞ。やたら動きまわる男は多いがな」

「たしかに」

「小田。ちと、からかって来い」

「はっ」

小田は竜之助のところに行き、ひと言ふた言なにか話したと思ったら、すぐにもどってきた。

「いやあ、まいりました」

「なぜだ？」

「お奉行は来ないかもしれぬぞと申しましたら、そうですか、わたしは試されているのかなと思っておりましたと言うではありませんか。なぜだと訊くと、ときおり向こうの障子の隙間からこっちをのぞかれるし、それなのに、いまは来ないかもしれないなどとおっしゃいますし――と」

「はっはっは。ばれておったか」

小栗は立ち上がり、竜之助のところにやってきた。

「待たせたな」

と、悪びれずに言うと、

「いえ」

と、答えたあたりも、もしかしたら大物なのかもしれない。

「支倉さまからうかがったが、剣の腕は相当なものというし、学問も胆力も申し分なしだそうだな。そのお力を、もっと大きなことに役立てたいとは?」

面と向かってすぐ、小栗は訊いた。

「ああ、それについては言いたくありません」

「なぜ?」

「おそらく怒り出されるでしょうから」

「さようか……」

軽くいなされたようでもある。

だが、小栗の強い好奇心に火がついている。怒り出すようなこととはなんなのか?

「だがな、わしもある程度、思想信条というものについて知っておかぬと、人事の決定というのはできぬのさ」

「そうですか。では、ひと言だけ申し上げます。おそらく、徳川の世は終わる」

きっぱりと、当然の行く末だというように言った。

「え」

これには目を見張った。小栗はむろん、倒幕派などではない。むしろ、有象無象にでたらめをやられるよりは、この体制をしっかりしたものにして、列強に向かい合わなければと思っている。

それが、徳川家の内部にこうした考えが存在するとは、夢にも思わなかった。

「これは、ご内聞に。だが、たとえ徳川の世が倒れても、市井の悪党を懲らしめる役割はなくならないはず。わたしはそういう仕事がしたいと」

「ほう……」

小栗はむしろ、このお方こそ、幕政に引っ張り出したいくらいだと思った。身内の危うさをしっかり認識するには、よほどの知慧《ちえ》が必要である。

御三卿《ごさんきょう》・田安徳川家の十一男坊である。

よく、田安家とか、一橋《ひとつばし》家というように、苗字であるかのごとく思われがちだが、本当は田安家などというのはない。御三卿の屋敷が、それぞれ江戸城の田安門、清水《しみず》門、一橋門の前にあるため、便宜上、田安家、清水家、一橋家と言ったので、正しくは三家とも徳川家である。

徳川竜之助、いまは徳川竜英《たつひで》が正しい名である。

母親の身分があまりに低かったこともあって、認めたくないという人たちも多かったという。幼いころは、敵視されたり、無視されたりしたが、いまではほとんど忘れられた存在になっているらしい。

余人にはうかがい知れぬ苦労もあっただろうに、支倉辰右衛門いわく、

「まことに素直に成長なされた」

という。ただ、世の中枢に出たがらないというのは、小栗などからしたら、やはりどこか屈折しているように思えてしまう。

「名前だがな」

と、小栗は言った。

「はい」

「福川《ふくがわ》というのはどうだ？」

「福川……」

「うっかり言いまちがえても、ごまかしが利く名前がいいだろうと考えたのさ。そこで、福川なら縁起もよさそうだし、潰れていた福川家というのがあって、それを再興させたということにしようと思うのだ」

「ありがたいご配慮に感謝します」

「うむ。では、そなたの八丁堀での名は、福川竜之助だぞ」

「わかりました」

正式に決まって、ホッとしたような顔になった。二十五にしては、すこし童顔かもしれない。

「たまには、町にも出かけていたそうだな」

「それはたびたび」

無視されたりもしたくらいだから、そこらはわりと黙認されていたらしい。

「ただし、密告する中間《ちゅうげん》付きでしたので、本当に行きたいところには行かせてもらえませんでした」

「行きたいところとは？」

「神田界隈《かいわい》、日本橋界隈、深川界隈、浅草界隈などは行ってみたくてたまりませんでした」

どれも町人地である。

「さぞ、面白いことがいっぱい転がっているのだろうと憧れていました」

「ふうむ。憧れとな……」

いちおう世間のことは知っているつもりらしいが、そこはやはり御三卿のお坊ちゃまだろう。どこかトンチンカンなのかもしれぬ——と、小栗はすこし不安ではあった。

三

「福川、行くぞ」

と、定町廻り同心矢崎三五郎《やざきさんごろう》が言った。竜之助をつれて行くということで、いままで待っていたのだ。

矢崎は南町奉行所に四人いる定町廻り同心のうちでも、いちばん若い。この役目は、四十代から五十代の、江戸の町を知り尽くした老練の同心がなるが、矢崎はまだ、三十代後半という若さである。

抜擢された理由は足がやたらと達者だったから、というのが奉行所内のもっぱらの評判だった。

「なにが、はいだ。はい（灰）や炭団《たどん》じゃわからねえってどっかの岡っ引きが言ってたぜ」

「はい」

「あ、はいらねえだろ」

「あ、はい」

「……」

「お奉行から、みっちり鍛えてやれと言われているのでな。おいらは厳しいぜ」

竜之助は、定町廻り同心見習いとして、勤務につくことになった。

担当は、江戸の北にあたる一帯である。竜之助が憧れの地と言った日本橋界隈、神田界隈、浅草界隈はここにふくまれる。

通常ならもうすこし狭い範囲が持ち場になるが、足の達者な矢崎は、やたらと持ち場を広くしてしまったのだ。

廊下から玄関へとあとをついてきた竜之助を見て、

「おめえ、なんだかいやに、すっきりと決まっているな」

と、矢崎は言った。

定町廻りは、姿のよさも仕事のうち——矢崎はそれくらいに思っていたし、実際、お洒落《しやれ》には人一倍気を使ってきた。

ところが、今日が初日であるはずのこの若造は、紋付の羽織に着流しというほかの役職にはない独特の格好を、じつに自然に着こなしているのである。

「そうでしょうか。すこし羽織が長すぎるかと心配したのですが」

「馬鹿たれ。新米がそんなことを気にする暇があったら、ちっとでも多く、番屋を回るこったな」

と、矢崎は前を見たまま言った。

南町奉行所の門を出た。門番の中間が頭を下げる。

奉行所の前、数寄屋橋《すきやばし》御門のあたりは広々としている。お濠沿いは松並木になっていて、神社の境内のような清々しい気配が漂っている。

竜之助は、颯爽とした気分である。

威張っているのではない。だいたい、奉行所の同心はそれほど偉くないらしい。身分上はほとんど足軽と同じくらいだという。

竜之助は、そんなことは気にしない。武者修行に出ていれば、浪人の身分を名乗るつもりだった。足軽でけっこう。なにかあったら、町人の側に立つつもりである。

門を出たところで、

「矢崎の旦那……」

と、岡っ引きが近づいてきた。ねずみ色の着物に、縦縞の茶の羽織が似合っている。いなせな感じがする男である。

「おう、文治《ぶんじ》」

「こちらの旦那はいままでお見かけしませんでしたが」

「おう。福川といってな……」

世の中が騒がしくなってきており、市中警護のため同心の家をひとつ復活させることになった。ついては、百年以上前に同心をしていて、いまは田舎の代官の家来になっていた福川に白羽の矢が立った——ということになっている。

「田舎者で、江戸のことはあんまり知らねえらしいんだがな」

と、矢崎はいくらか決定に不満そうな口調で言った。

「というわけで、見習いとして勤めさせていただく。よろしくお願いします」

竜之助は頭を下げた。

八丁堀の同心の子は、だいたいが十代後半あたりで、見習いとして奉行所に出入りする。二十五にもなって見習いというのは、皆無ではないがめずらしい。

「おっと、頭を下げられちゃいけねえ」

文治はあわてた。

訊けば、文治は三十二で、矢崎から十手を預かったそうである。

「ま、岡っ引きなんてえのは、ろくなやつがいねえが、こいつは悪いやつじゃねえ。逆にちっと人情味がありすぎるくらいでな」

「へっへっへ。家は寿司屋をしてましてね。そのくせ、子どものときから岡っ引きに憧れて、こうして捕物の手伝いをしているんでさ」

それなら、同心と武者修行に憧れた竜之助と似たようなものである。

「変わり種だよ。おいらだったら、捕物の手伝いなんて鬱陶《うっとう》しいことはしねえで、寿司を握っているけどね」

と、矢崎がからかうように言った。

初日は、日本橋から内神田一帯をぐるりと回る予定だという。

まさにべたべたの町人地である。武家地とは、雰囲気がまったくちがう。町の音も、匂いも、色合もちがう。つい、きょろきょろしてしまう。

日本橋は、常盤橋《ときわばし》御門のほうから眺めたことはあるが、上に立ったのははじめてである。橋の長さは二十八間（約五十一メートル）だという。どっしりして立派な橋である。人の往来が激しく、のそのそしていると、人とぶつかりそうになる。

もちろん竜之助は、剣の修業で鍛えているから、ぶつかるなんてとんまなことにはならない。だが、剣術などしていないはずの町人も、すいすいと人波を泳いでいくのを見ると、町人たちもたいしたものだと思ってしまう。

橋の周囲も面白い。渡る手前の左側には高札があり、覚書を読む人で輪ができている。右側には菰《こも》でふいた小屋があり、ここには罪人が七人ほど晒者《さらしもの》になっていた。橋を渡れば左手に蔵が立ち並び、右手は魚河岸で祭りでもおこなわれているのかと思うほどの人だかりになっている。威勢のいい呼び声があちこちから飛び交い、耳をふさぎたくなるほどのやかましさである。

「おう、福川。そんなにものめずらしそうにきょろきょろするんじゃねえ。それじゃあ、国許からはじめて出てきたおのぼりさんだぜ」

矢崎三五郎は肩で風を切るようにして進む。

出るのが遅かったから、すぐに昼になる。

昼飯は〈大村〉という屋号の看板がかかったそば屋に入った。『江戸名物酒飯手引草』という江戸案内の書物にも紹介された名店らしい。

竜之助も皆にならってせいろそばを頼んだが、いきなりつけ汁のほうをそばにかけてしまった。汁はこぼれ、下の畳までびしょびしょになった。

「おめえ、つけ汁にそばをつけて食ったことはねえのか？」

「はあ。家では汁にそばが入ったのが出てきてましたので」

「ま、ここもそういう食い方はあるけどな」

と、矢崎は馬鹿にしたように言った。

竜之助は、そんなことは気にせず、おかわりをもらったつけ汁につけて、ずずっとそばをすする。

これがまた、うまい。こしが強く、嚙めば野山を思い起こさせるような風味がにじみ出る。

「こんなにうまそうにそばを食うやつは初めて見たぜ」

「いやあ、そばというのはうまいもんですね」

「食ってたんだろ、ぶっかけのそばは？」

「ええ。いつも家で食っていたのは、もっとだらっとしてて」

やよいが言っていたように、毒味やらなにやらで食う前にのびてしまっていたのだろう。自分のことを無視したり、存在を隠そうとさえしていたくせに、毒殺は恐れたというのがわからないところだった。

「ふうん。おめえも苦労したみたいだな」

と、矢崎は軽蔑を通り越し、同情してくれたらしい。

飯のあとは、近くの番屋に入って、四半刻（三十分）ほどは休憩する。

それから両国橋のほうへ向かい、ばったり会った同じ奉行所の橋同心と矢崎は立ち話をはじめてしまった。

それが終わると、

「さて、そろそろ帰るか」

と、矢崎が言うので、

「え、まだ七つ（午後四時）にもなってませんよ」

竜之助は驚いた。

「そりゃそうだろ。いまから帰れば七つだし、いろいろ書き物だってあるんだ。帰りに一杯やる時間もなくなっちまうだろうが」

矢崎があまりにも当たり前のことのように言うので、竜之助もそういうものかとあとに従った。

二日目は飯田町から小日向《こひなた》、大塚、巣鴨、駒込と大きく回った。

ここらは坂道が多い。足の弱い者ならすぐにくたびれてしまう道のりだが、さすがに矢崎は足が達者という評判どおり、息切れ一つせず、かなりの速さで歩きまわった。

番屋の前を通る。

立ち止まりもせず、

「なにもねえな」

と、声をかける。

番屋から町役人《ちょうやくにん》や番太郎が飛び出してきて、

「ございません。お疲れさまで」

と、背中に声をかけてくる。

文言は多少ちがっても、この繰り返しである。

途中、駒込のあたりの下駄《げた》屋の前を通ると、そこのあるじらしき老人が、

「矢崎さま。この前はご心配かけちまって」

と、話しかけてきた。二言三言やりとりはあったようだが、老人はにやっと笑うと、矢崎の袖の下にそっと金を入れた。

「あ、矢崎さん。いまの人、そこに金を入れましたよ」

と、竜之助が言った。

「いいんだよ」

と、矢崎がそっぽを向いた。

「何も買わないのに?」

「ふだん、いろいろ気を使ってやってんだよ」

「でも、気を使うくらいはただで」

「馬鹿野郎、つまんねえこと言うな。さては、おめえも欲しいってか? おめえがもらえるまでには、あと十年はかかるんだよ」

「もらうって、それじゃ賄賂……」

そこで文治が竜之助の脇腹をついて、

「旦那。そこらへんで」

と、小声で言った。

「え?」

「そこらへんでやめといたほうが。旦那の気持ちはわかりますが、そのほうが世の中はすんなりいくこともあるんですよ」

「でも、それでは金のないやつは、何事もすんなりいかなくなるだろうよ」

二日ほど付き合ったが、矢崎はけっして悪人ではない。人情味もある。それなのに、賄賂を懐に入れるのを当たり前のことと思っているのは納得できない。

「ま、そこはまあ。金のないやつにはなにもしてやらないというほどではないんです。それに、旦那だって、そのうち慣れていくんですから」

「そうかな」

竜之助は、そんなことには慣れたくない。

こうやって町回りをはじめて三日目である。

この日は、上野から、谷中《やなか》、根津、本郷と回って——。

「京都あたりはだいぶ騒がしいとか、江戸も浪士たちがまたぞろ暴れだしそうだとか聞いてましたが、町民たちの暮らしは平和なものですね」

と、竜之助は言った。

「なんでえ、不満そうじゃねえか」

「いえ、そういうわけではないのですが、多少は事件も起きてくれないと……」

「馬鹿たれ」

七つごろになって、神田にやってくると、どこかから笛や太鼓の祭り囃子《ばやし》が聞こえてくるではないか。

竜之助は祭りが大好きである。

子どものころから、あの笛太鼓の音が遠くから聞こえてくると、じっとしていられないほどだった。一度でいいから、町人たちにまじって、お神輿《みこし》をかついでみたいとも思ってきた。

「矢崎さん、神田明神じゃないですよね」

「馬鹿野郎。神田祭りは九月の十五日。このあいだ終わったばっかりだよ」

と、竜之助をなじってから、

「文治、どこだ？」

「妻恋《つまこい》です」

「あれ、妻恋の祭りは三月じゃなかったか？」

「ええ。今年は神社側の都合で、九月におこなわれることになったんです」

神田の祭りといえば、神田明神があまりにも有名だが、妻恋稲荷も江戸っ子に信仰が深い神社だった。とくに、正月に初夢を見るためのお札は有名である。

ここは、妻恋坂と呼ばれる坂をのぼったところにあり、神田明神とはちょうど表と裏と言えるくらいに近い。

社殿の前までやってくると、まもなく始まる祭りの準備をしている。境内の真ん中で、筆と手帖を持って眺めている娘がいた。

「よう、お佐紀《さき》じゃねえか」

「あら、矢崎の旦那」

こっちを見て、にっこり笑った。

すっきりした美貌である。

やよいも美人だが、まったく美しさの種類がちがう。こっちは全体が涼しげで、色気というより清潔感が漂う。

「そちらは、お見かけしたことのない旦那ですね」

「福川というのさ」

「福川竜之助です。以後、お見知りおきを」

「こちらこそ」

頭を下げ、お佐紀は次に文治をつかまえた。

「お寿司の親分。今年も派手な喧嘩が起きそうですか？」

「いまのところ、聞いてねえがな。今度、くだらねえ騒ぎを起こしたら、奉行所にしょっぴくと言っておいてくれよ」

そんなやりとりを聞きながら、矢崎が竜之助に言った。

「お佐紀って女は、顔はかわいいが、たいしたじゃじゃ馬でな。面白そうな話だと何にでも首を突っ込んでくる。この前、火事があったときなんざ、竜吐水《りゅうどすい》をかけられそうなところまできて、ようすを書いていやがった。あいつ、そのうち、火事や事件に巻き込まれて怪我をするぜ」

面白い記事を書こうと、筆と手帖を持ちながら、日夜、神田から日本橋一帯を歩きまわっているのだという。

「でも、女だてらにたいしたもんですね」

竜之助は感心して、お佐紀の横顔を眺めた。

と、そこへ——。

「ようよう、お佐紀ちゃん」

やけにすっきりした男が、寄ってきた。

「あら、遠州屋《えんしゅうや》さん」

「聞いてくれよ。おいら、今年は花棒の先頭だぜ」

自慢げに言った。

花棒というのは、たしかお神輿の真下にある二本の棒のことで、この先頭部分をかつぐのがいちばん目立つことになる。この位置の取り合いのため、喧嘩が起きるくらいだと聞いたこともある。

「まあ、よく取れましたね」

「そりゃあ寄付の額がちがうもの」

遠州屋と呼ばれた男は、指で丸をつくり、白い歯を見せて、にかっと笑った。歳のころは三十半ばだが、いい男である。

竜之助もこの数日、町人たちからやたらといい男だなんぞと言われているが、造作を一つずつよく見ると、色は黒すぎるし、目も細い。なにより、自分でいい男とは思っていないから、顔にあまり緊張感がない。

だが、この遠州屋の場合は、人形のように整っているばかりか、自分がいい男だというのを意識しているから、顔に緊張感がある。いつも誰かに見られているという意識があるから、だらしなくあくびをしたり、鼻をほじったりということもない。

遠州屋が、竜之助をちらりと見て、なにか言った。

するとお佐紀が首を横に振り、

「ちがいますよ」

「あ、そ。早く、いい人、つくらなくちゃ駄目だぜ」

「はいはい」

と、適当に相槌を打った。そんなやりとりから察するに、

「あの人はお佐紀ちゃんのいい人かい？」

とでも訊いたにちがいない。

竜之助はひそかににんまりしてしまった。

——ん？

遠州屋が神社のほうに向かったあとからである。男がふらふらとあとをつけて行くのに気づいた。こっちはいい男どころか、小太りで、たぬきのような顔をしている。

その目に、強い憎しみの念がうかがえるのが気になった。憎悪が溢《あふ》れて、流れ出しそうな目をしていたのだ。

「ねえ、福川の旦那」

「……………」

お佐紀に呼ばれたが、遠州屋のあとを追う男を見ていて気がつかない。

「福川の旦那」

「あ、ん？　なにか？」

「あとで、宵宮《よいみや》の祭りを見に来てくださいな。新人の同心さまに、神田っ子の心意気を見てもらいたいんで」

「うん、そうだな」

「必ずですよ」

竜之助は約束させられた。

「矢崎さん。いいんですか、来ても？」

一応、訊いた。

「そりゃあまあ、祭りの無事を見回るのも役目と言えないことはないが、ご苦労なこったぜ」

と、矢崎は言った。矢崎に来るつもりはないらしい。

「じゃ、旦那。あっしも付き合いますぜ。ここはうちからもすぐですから」

文治が嬉しそうに言った。

そして、この夜の妻恋稲荷で、竜之助にとっての最初の事件は起きた。

四

「わっしょい、わっしょい」

すさまじい熱気と掛け声とともに、妻恋坂をお神輿が下ってきた。

一度、奉行所にもどった竜之助がふたたびここに来たときは、境内は人でいっぱいであり、ご神体がお神輿に移されたあとだった。一足先に来ていた岡っ引きの文治によれば、そのあいだ、提灯《ちょうちん》や灯籠《とうろう》の火が消され、あたりは真っ暗になったという。

お神輿は三挺《ちょう》。それぞれ町内の人たちがかついでいるらしい。

「それ、わっしょい、わっしょい」

最初のお神輿が、竜之助の前を通った。

夜になって、ぐっと肌寒くなったが、男たちの肌から湯気が上がっている。動くたびに、汗が飛び散るのも見える。金、銀、赤などの派手な色彩が、夜の中で揺さぶられてはじけるようである。

先頭のお神輿の花棒の男を見ると、なるほどあの遠州屋である。ただし、さっきとちがって、なんだか元気がない。勢いよく上下するお神輿の棒に、すがりついているような感じなのだ。

隣の男はと見ると、先ほど、遠州屋を憎悪の目で見ていたたぬき顔の男だった。この男もずいぶん寄付をはずんだのか。

お神輿は坂を下りてゆく。すぐ、次のが来るが、下りて行った最初のお神輿の群れから、誰か一人がふらふらと道端に倒れこむのが見えた。疲れてへたり込むのとは、ちょっとちがう倒れ方だった。

——あれは遠州屋ではないか？

と、思ったが、次のお神輿が邪魔して、近づくことはできない。

さらにもう一挺がきて、しばらく竜之助たちの前で暴れるように前後左右に揺さぶられる。

それから、このお神輿もゆっくりと坂を下った。お神輿が通り過ぎると、見物人もぞろぞろと下についていく。坂の下には宵宮の屋台がたくさん並んでいた。

そのとき、叫び声があがった。

「なんだろう、いまのは？」

と、文治に訊いた。

「さてね」

と、文治が言ったとき、もう一度、悲鳴が上がり、

「殺された。うちの人が……」

女が泣きながら言った。

坂道のところは、境内の端になっていて、欅《けやき》の木が植えられている。遠州屋が倒れ、女が介抱していた。

竜之助と文治は急いで道を横切って近づいた。

「どうしたのだ？」

「うちの人が刺されて……」

文治の提灯を借りて、遠州屋を見ると、晒《さら》しを巻きつけたすこし上のあたりに、深々と刺されたあとがあり、血がどくどくと流れていた。

遠州屋はぐったりして、生きているのかいないのか、このときはまだよくわからなかった。

遺体は動かさず、莚《むしろ》をかけた。

介抱していたのが女房だったから、身元はすぐにわかった。遠州屋というのは酒問屋で、この男は旦那の与三郎《よさぶろう》、店はこの高台の道を湯島天神のほうに行く途

中にあるという。

出ていった三挺のお神輿は湯島本郷界隈をぐるりと回り、いったん社殿にもどってきた。お神輿をかついだ若い衆もかなり疲れた足取りである。

殺しがあったとは騒ぎ立てていないが、なにかあったという気配は伝わっているらしく、竜之助が立っている後ろのほうを、覗《のぞ》き込むようにして通りすぎる。

やがて、定町廻り同心の矢崎三五郎が駆けつけてきた。

「矢崎さん……」

「おう、福川。おめえ、殺されるところは見てたのかい？」

「いえ、ちょうど向こうに行ったときでしたので」

「刺されたんだって？」

「刺し傷はありますが、ちょっとおかしなことも……」

「ま、それは後で聞こう」

矢崎の姿が見えると、社殿のほうから神官たちが三人ほどやってきた。

境内で起きていれば、厳密には町方ではなく、寺社方のあつかいになる。もっとも、寺社方にこうした事件を調べる同心などはおらず、結局、町方が助けることになるが、いろいろと手続きなどがややこしい。

だが、この殺しは境内の外で起きた。町方の範疇《はんちゅう》である。

とはいえ、神社のほうも無関係ではない。

「こんなことが起きると、祭りをつづけるわけにはいかないのでしょうか？」

と、神官の一人が心配そうに矢崎に訊いた。

「そりゃあ、あんたたちの判断だろうさ」

矢崎がそう言うと、神官たちは困り果てた顔になった。

「だが、幸いと言っちゃなんだが、やられたのは境内の外。まあ、急いで解決ができたら、とくに祭りを中止する理由もないだろうな」

「矢崎さま、なんとか」

神官たちが頭を下げた。

「ま、やってみるがね。おい、福川。おめえの好きな祭りのためだ。しっかりやれよ」

そこへ、検死をおこなう年寄り同心の三村完二郎《みむらかんじろう》が到着し、死体の上にかがみこんだ。年寄り同心とは言うが、ほんとの老人ではない。三村は五十前後だろう。

「おっと、福川。与三郎を刺した凶器を探さなくちゃならねえ」

「はい。探しました。そっちに」

と、死体から二間ほど後ろを指差した。近くで見つけた篠竹を、目印がわりに挿しておいた。誰に教えられたわけでもない、自分の思いつきである。

「ここか。なるほど、これだな」

短刀というより、ちょっとした細工にも使うような小刀である。だが、刃渡りは三寸ほどあり、人を殺せないことはない。現に、血がべっとり付いていた。鞘も近くに落ちているので、いっしょに放ったのだろう。

「矢崎さん」

と、検死をした年寄り同心が呼んだ。

「これだがね、この男は腹巻の下に、なめした皮を巻いてるんだ。おそらく、刺されることを警戒していたんじゃないかね」

「なるほど」

「短刀はこの腹巻を避け、肋骨の隙間から心ノ臓に突きいれられていた。だが、肋骨に当たったのだろうね、そう深くは入っておらず、心ノ臓まで達したかは微妙なところだな」

「だとしたら、即死じゃなかったことも考えられるのですね」

と、竜之助が訊いた。最初に死体を見たとき、血はどくどくと流れてはいたが、心ノ臓の脈を感じさせる血の噴出だったかは微妙なところだった。

「そうだな」

年寄り同心がうなずいた。

そこへ、文治がやってきた。

「矢崎の旦那。この与三郎ですがね。よくよく怨《うら》まれていまして、このあたりは下手人の疑いがあるやつだらけです」

「なるほどな。この野郎はいい男だったからな。いい男ってえのは、とかく男から嫌われるんだ。福川も気をつけたほうがいいぜ」

「そうですか」

と、真面目にうなずいたが、

「いや、まあ、大丈夫か。いい男なんだが、そうは思わせねえものがあるからな。色気がないのかな？　何なんだろうなあ？」

矢崎は殺しの現場にはそぐわない、暢気《のんき》なことを言った。

さらに周囲を訊き回った文治は、町内のごろつきみたいな若い男を連れてきた。

「旦那。こいつが宵宮が始まる前に、与三郎としゃべったんだそうです」

「ええ。与三郎は、善公《ぜんこう》があたしを刺すと言っているらしいが、あいつにそんな度胸があるもんかね、と言ってましたぜ」

と、証言した。

「善公ってえのは誰だ？」

「この町内で本屋をしてる、たぬきのようなつらをした男なのですが……」

と、文治が答えた。

やはり善公というのは、竜之助が見かけた与三郎のあとを追いかけていた男なのだ。

「善公が与三郎を怨んでいたのはたしかです」

と、文治が言った。

「善公が仕事で出歩くたびに店にきては、嫁にきたばかりのかみさんにちょっかいを出してましたからね」

「そりゃあ、かみさんだって、善公とちがって役者のようないい男の与三郎に話しかけられたら、悪い気はしねえだろうしな」

と、矢崎が皮肉な笑みを浮かべて言った。

「善公はお神輿をかついでいたのか？」

「ええ、ちょうど隣の花棒を」

と、竜之助が告げた。

「隣ならどさくさにまぎれてできないことではねえわな」

その善公に直接、話を訊くというので、竜之助もついていく。

善公の本屋は、遠州屋の並びで三軒ほど湯島のほうに行ったところにある。小さな本屋で、新刊と貸本を半々くらいであつかい、善公はもっぱらお得意さまを回る貸本の仕事で忙しいらしい。

矢崎と竜之助と文治とで顔を出すと、ちょうど二人のあいだで諍《いさか》いでもあったあとらしく、女房が泣いて目を腫《は》らしており、善公は憮然《ぶぜん》としていた。茶碗が二つ転がっていて、一つはきれいに真っ二つに割れていた。

「ちっと、おめえに訊きてえんだがな」

矢崎がそう言うと、

「ほら。てめえがあの与三郎にちょろちょろ色目を使うから、こんなふうに疑われることになるんだろうが」

と、善公は女房に怒鳴った。

「色目なんか使ってないったら」

女房はまた、泣き出している。

――どうも、とんだ修羅場に来てしまったな。

竜之助はいたたまれない。

「善公、まあ、落ち着きねえ」

「へい」

「与三郎のことではよ、いろんな噂が飛びかってるんだが、与三郎自身が、善公がおれを刺すと言ってると言い触らしてたらしいんだよ」

「刺すだなんて……」

善公の手が震えだしていた。

「だが、いまもかみさんをあんなにひどく怒鳴るくらいだ。怨みはあったんだろ？」

「そりゃあ、殴ってやりてえと思ってました。だが、刺すだなんて、そんなことまでは思っていませんでした」

「与三郎が刺されたのは、この左の胸のところさ。ところで、おめえは花棒の左のほうにいたんだよな」

「まさか、旦那。あっしはお神輿をかついでいたんですよ。そんな刺すなんてことができますか」

「そりゃあ、一瞬でやれることだからな。ま、いいや。もうちっと調べて、また来るかもしれねえよ」

矢崎はそう言って、外に出た。

通りをすこし歩くと、矢崎は後ろを振り向き、

「野郎だな」

と、言った。

矢崎はすっかりめぼしがついたとばかり暢気な顔になって、

「おいらは一足先に帰るが、福川はもうちっと聞き込みをつづけてみな。見習いなんだから、へとへとになるまで駆けずり回るこったな」

そう言って、帰ってしまった。

――下手人もあげないで帰るか？

と、竜之助はあきれたが、文治には「明日の朝には本屋の善公が、あたしがやりましたと自首して出るぜ」と、自信たっぷりで言っていたという。

——善公かなあ。どうもちがう気がする。

竜之助は文治といっしょに、近辺の若いやつの話を聞いて回った。

「善公が怨んでいたのはたしかだけど、与三郎を怨んでいたのは、善公一人とは限らねえ。この町内の男なら、皆、あいつを怨んでたり、嫌ったりしてますよ。それに、あっしは善公のすこし後ろでお神輿をかついでいたが、善公が与三郎を刺すようなしぐさなんて、まったく見てませんよ。無理ってもんでしょう」

誰もが同じようなことを言ったが、善公をかばっている気配がある。

「親分さんよ」

と、竜之助が言った。

「旦那。親分は勘弁してくださいよ」

「だが、親分だろうさ」

「同心の旦那は呼び捨てしてくれねえと」

「じゃあ、文治。こりゃあ、かばい合ってることも考えられるねえ」

「まったくですね」

「みんなで口裏を合わされたりしたら、どうにもならない。まいったな」

腕組みしたところで、ぐぐっと竜之助の腹が鳴った。

「旦那、だいぶお腹が空いたようで」

「そうだな」

「つづきはあっしの店でやりましょう」

「あ、寿司屋と言ってたな。わたしは寿司屋に行くのははじめてだ」

「寿司屋もはじめてですか。そば屋もはじめて、寿司屋もはじめて。旦那はもしかして、お城のお殿さまですかい？」

と、文治は笑った。

文治の店は佐久間河岸に近い旅籠町《はたごちょう》にあり、〈すし文〉というのれんがかかっていた。ふだんならもう閉めるころだが、特別に握ってくれるという。

「親分。遅かったですね」

文治が顔を出すと、瓦版屋のお佐紀がいた。というより、遠州屋殺しの事情を訊くため、文治が帰るのを待っていたのではないか。

「おう。お佐紀か。まだ、なんにもわからねえ。教えられねえよ」

「矢崎さまは、なんだかめぼしがついたようなことをおっしゃっていたそうですよ」

「うん、まあな……」

文治も心情としては、善公を下手人にはしたくないのだ。

「与三郎の嫁はさ……」

と、白髪のおやじさんが言った。文治の父親で、名を文太《ぶんた》といい、七十を超えてもまだ元気で寿司を握っているのだ。お佐紀たちから、事件の概略は聞いていたのだろう。

「なんだよ、おやじ」

「おきぬちゃんと言ってな。文治よりも三つくらい歳が上だったかな。すぐそこの〈笹八《ささはち》〉という料亭の娘だぜ」

「ああ、そこ？　あたし、ふぐ鍋、食べたことある。おいしかったよ」

と、お佐紀がまぐろの寿司を食べながら言った。

竜之助は、出された寿司を箸で取ろうとするが、しょう油をつけすぎて崩れてしまった。

小皿に口をつけ、すくうように食うと、わさびが鼻にきて、思わず額のあたりをてのひらで何度も叩いた。

お佐紀がそれを見て、小さく笑った。

「それで、おきぬちゃんはほんとは別の男に嫁ぐはずだったのさ。それを与三郎がくどいて、くどいて、やっとものにしたのさ」

「まあ、そのころから人のものを欲しがったのね」

「どういうやつなんだろ？」

「子どもみたいよね」

文治とお佐紀が憤るのを聞きながら、竜之助はもう一度、あの殺しが起きたときのことを思い出していた。

——なんか、おかしい。

あのとき、与三郎はお神輿をかついでいるときから、具合が悪そうだった。だが、胸に刃物なんて刺さっていなかったし、血もついていなかった。

それから、ふらふらと花棒から離れて、道端にへたりこむように倒れた。いっしょにお神輿をかついでいた連中も冷たいもので、与三郎のことは見向きもせずに進んで行った。

悲鳴が上がったのは、お神輿がすべて通り過ぎてからだった。

与三郎のそばに女房が駆け寄っていて、そのときは胸を刺されていた。

明らかに間があった。

与三郎が倒れて、刃物が刺さったまま見つかるまでの間。

――なぜなんだろう？

考えながら寿司を食おうとしたら、またしょう油につけすぎた。

これも小皿に口をつけ、すくって食う。

みんながあきれたように見ているので、文治が助け舟を出した。

「仕方ねえだろう。旦那はいままで、せいろそばと寿司は食ったことがなかったんだから」

「そばと寿司を？」

「江戸に住んでいて？」

「しょうがねえだろ。旦那の生まれは、エゲレスで、いやポルツガルで……ね、旦那」

「まあな」

と、竜之助は文治の冗談もどこ吹く風で――。

五

竜之助は、〈すし文〉で、文治やお佐紀と別れ、提灯を手にして一人で妻恋坂に来てみた。

宵宮の殷賑《いんしん》も過ぎ、そう幅が広いわけでもない坂道は、闇の中でひっそりとたたずんでいた。

竜之助の足音に驚いたのか、それとも提灯の明かりを嫌がったのか、夜空を数匹のこうもりの影がよぎった。

妻恋坂とはまた、心をくすぐられるような坂の名前である。

与三郎はその坂道の途中で倒れた。

そのあたりの地面を丹念に調べた。血のあとはなかった。

血のあとがあるのは、倒れこんだ境内の隅のところだけだった。

そもそも、与三郎はお神輿のいちばん前にいたのだから、もしも善公が刺したとしたら、誰かが見たはずである。いくら、与三郎が怨まれていて、善公をかばう者もいたとしても、あれだけの見物人全員に怨まれるわけがない。

本当に刃物で殺されたのか？

死因は別なのではないか？

与三郎を善公が刺そうとしている——ごろつきのような若い男が、与三郎はそう言っていたと証言した。では、そのことを、与三郎は直接、善公から言われたのだろうか。

誰かが告げ、与三郎にそう思い込ませ、周囲にもそれを洩《も》らすようにし、だが、別の殺し方をする。

刃物は命を奪ってから突き刺したにすぎない。

この方法なら疑われずにすむ。

善公に嫌疑がかかるかもしれないが、ちょっと調べたら、善公にできることではないとわかるだろう。ましてや、周囲も善公に不利な証言はしないだろう。

そうなれば、事件は迷宮の中に消える。

誰がそれをできたか。

――一人しかいない。

竜之助は、妻恋坂をのぼりきると、足を遠州屋のほうへ向けた。

重い足取りだった。


遠州屋にはすでにあるじの与三郎の遺体が運び込まれているのに、弔問の客は誰もいなかった。線香の煙だけが、故人の霊をなぐさめるように、横にゆっくりと流れている。その寂しさが、ここのあるじの人望の多寡《たか》を物語っていた。

女房のおきぬは、奥の座敷の手前のほうで、店先に顔を向けながらぽつんと座っていた。田安家で、奉公に入ったばかりの奥女中が、よくこんな顔で、座っているのを見た。家でも思い出しているのかと、かわいそうに思ったものだった。

竜之助が入っていくと、静かに頭を下げた。

落ち着いたしぐさだった。

「南町奉行所の福川竜之助だがね」

与三郎が刺されたというとき、すぐに駆けつけて顔も合わせているが、そのときは名は告げていない。こういうときは名乗るのかどうか迷ったが、やはり名乗ったほうが失礼ではないのだろうと思った。

「はい」

「ほかに誰もいないのかい？」

と、竜之助は訊いた。手代とか、小僧とかが、葬儀の準備をしていてもよさそうではないか。店に誰もいないのは異様だった。

「さきほど、暇を出しました。手代や小僧、下女にも。急なことでしたが、それなりのお金は渡せたと思います」

「そうだったのか」

「もともと傾きかけていましたから、もうすこし後だったら、お金も渡せないまま暇を出すことになったかもしれません。ちょうどいい時期でしたでしょう」

文治より三つほど歳上と言っていたから、三十五のはずである。きれいな顔立ちではあるが面やつれして、四十くらいに老けこんで見えた。

「じつは、与三郎のことなのだが……」

人差し指でこめかみのあたりを掻《か》きながら、竜之助が言った。

「はい」

「わたしには、与三郎の死因は刃物で胸を刺されたことではなく、別の死因があるように思えるんだよ」

「別の死因ですか……」

おきぬは、目を伏せ、左手に持っていた数珠をゆっくり指で回しはじめた。かしゃかしゃという音が、静かな家の中でやどかりでも歩くような音に聞こえた。

「もしかしたら、実家の料亭のふぐの毒……」

そこまで言ったとき、おきぬの顔がふいにこわばり、竜之助を強い視線で見返した。

「それはお見立てちがいでございましょう」

「ん……」

おきぬの言葉の強さに目をみはった。

――おきぬは実家に迷惑をかけたくないのか。

と、竜之助はすぐに察した。

「そうか、そこは、わたしの見立てでちがいだ。与三郎は祭りに興奮して具合が悪くなり、道端で横になった。駆け寄ったあんたは、このときとばかりと、持っていた刃物でぐさり。わたしはそう推察したのだが、それでまちがいないかな」

「まちがいございません」

もっと抵抗することを予想していた。泣いたり喚《わめ》いたりするかとも思っていた。あまりにも素直に犯行を認めたので、竜之助は逆にとまどってしまったほどだった。

「それでいいのか？」

「ようございます」

「では、いまからいっしょに奉行所まで来てもらうことになるぜ」

「はい。お供いたします」

おきぬは、一度、店の中を見回し、奥に安置した与三郎の遺体に手を合わせると、竜之助のあとを、静かな足取りでついてきた。

「これは、あんたのこととは別な話なんだがね……」

「はい」

「ふぐの毒というのは、ちょうどいいころに毒が回るなんて仕掛けができるのかね」

と、竜之助は歩きながら、ひとりごとのように言った。

「ああ、それは難しいと思います。ある人が、酒といっしょに飲ませて殺すつもりだったのに、お神輿の花棒をかつぎたい一心で、そこまで歩いて行ってしまったということもあったそうです」

「なるほどな」

これで疑問が一つ解消した。

あんなに人がいっぱいいるところでなく、神社の裏手のひっそりしたあたりでやれていたら、おきぬもお縄につくことはなかったかもしれない。いくら暗がりとはいえ道端で小刀を突き刺すことになったとき、おきぬは下手人としてあげられることも覚悟したのではないか。

妻恋稲荷のところまで来た。ここを左に折れ、妻恋坂を下っていく。

ふと、ふぐの毒のことより、もっと大きな謎があることに気づいた。

「殺すまでのことはなかったんじゃないのかい？」

「そうでしょうか。あの人が、あたしを嫁に欲しいといったときの言葉、あれがすべて嘘だったなんて。騙《だま》されて、夢を見させられて、捨てられて……そうやって、何人もの女があの人に捨てられました。世をはかなんで、身投げした人までいるんです。それをこの先、どれだけ見せられるのかと思うと……」

　与三郎もそれだけのことをしていたなら、女房に殺されたことはよかったのかもしれない。いずれ、誰か別の女に刺されることだって充分ありえただろう。

「与三郎は、どうしてあんなふうに、人の女ばかり欲しがったのかね？」

「あの人は、自分に自信がない人でした」

「自信がない？」

　それは意外だった。

「ええ、そうです。自分は顔だけなんだって、思ってたみたいです。人形に魂がないみたいに、自分には男としての価値がないんだって。だから、よその女房を取ることで、そのご亭主に勝ちたかったのかな――そんなふうにも思えます」

「ううむ。わかるような、わからないような」

　妻恋坂の底は、屋台の明かりもすっかり消えて、沼が広がっているようにも見えた。

すれちがいざま、お奉行の小栗忠順が、ぽんと竜之助の肩を叩いて言った。町奉行は毎日、お城の評定に出席する。いまも、そこへ向かうところらしい。

「お手柄だったな」

さっきまでは、吟味方の先輩たちからも祝福の言葉をかけてもらった。

「捕物の才能があるみたいだ」

とも言われた。

嬉しいはずの誉《ほ》め言葉だが、竜之助はちっとも嬉しくなかった。

もっと極悪非道の下手人を捕まえたかった。腕にものを言わせ、悪党をぶちのめしてやりたかった。

ところが、下手人は弱い、哀れな女だった。

——そういうものなのかもしれない。

とも思った。この世に起きる悪事というのは、一つ残らず、人の哀れさとか悲しみとつながっているのかもしれない。それを思ったら、とても手柄だと喜ぶ気にはなれない。

奉行所の外に出てきて、待っていた文治と会うと、先に出ていた矢崎三五郎が怪訝《けげん》そうな顔で言った。

「よう、文治。福川の野郎がさ、調子がおかしいんだよ。まぐれで下手人をあげたくらいで、いい気になるんじゃねえぞと、どやしつけてやろうと思ったんだが、妙に元気がなくなっちめえやがった」

「矢崎の旦那。福川さんはそんなお方じゃねえですよ。罪を犯したやつのつらさもいっしょに感じてしまう。大きな声では言えねえが、上のお偉いさんたちとは、まるでちがうお人なんですよ」

「なんだ、文治。やけに肩を持つじゃねえか」

と、矢崎は口を尖らせ、

「福川、これからもしっかりやれよ」

いかにも説教がましく言った。

「あ、はい」

「あ、はいらねえって言っただろ」

「はい」

「はい（灰）や炭団じゃあるめえしってな」

第二章　弓ひき童子

一

竜之助が朝飯を終え、身支度をしていると、つい鼻唄が出てしまった。

浮名立ちゃ　それも困るが　世間の人に　知らせないのも　惜しい仲

「あら、若さま、そのお唄は？」

と、離れたところからやよいが訊《き》いてきた。

やよいに身支度の手伝いはさせない。そんなことをさせたら、身体が触れたり、息がかかったりする。その刺激に耐えられる自信がないのだ。

聞かれて、しまったとは思ったが、

「都都逸《どどいつ》というのさ。いいだろ」

「ええ」

「ほかにもいい文句があるぞ。これなどはどうだ」

この酒を　止めちゃ嫌だよ　酔わせておくれ　まさかしらふじゃ　言いにくい

「まあ、色っぽい唄ですけど」

「習おうかと思っているのだ」

「どなたに？」

「都都逸の師匠に決まっている」

「まさか、女の人？」

「まさかじゃなく、もちろんだよ」

「おいくつくらい？」

「二十七、八くらいかね」

「きれいな人?」

「そりゃあ……」

その先を言うのはやめた。

「まあ、悔しい」

と、わかったらしい。

都都逸には先日誘われたのだ。その日は、矢崎のつごうで、

「おめえ一人で回ってこい」

と言われた。何日か町回りをするうちに、番屋での世間話が意外に大事なことだというのに気がついた。文書からは読み取れない町人たちの感情といっしょに、巷《ちまた》のさまざまなできごとが耳に入ってくる。そこで、この日は日本橋《にほんばし》の通《とおり》油町《あぶらちょう》の番屋であれこれ話を聞いていたら、ちょうどやってきた都都逸の師匠の小えんが話に加わり、そんな話になったのである。

「都都逸とはなんだね」

と訊いた竜之助に、みんなは、

「いまどき、都都逸を知らない人がいましたか」

と、あきれられたが、

「説明するより、覚えてもらったほうが」

と、さっきの二つをにわか仕込みで教えてくれたのである。

「まあ、旦那。なかなかいいお喉」

小えんは、ふざけたような口調で褒《ほ》めた。

じつはそこで誘われたのは都都逸だけではない。世間話に顔を出した連中から、

「都都逸よりも、こっちが面白い」だの、「こっちのほうが女にもてる」だのと、言われた。

――そうやって誘ってくれるのも、ものめずらしい新人だからだろう。

と、竜之助は思っている。

町人たちというのは、じつにいろんなものを学んでいるのだと感心した。しかも、それで友だちができたり、連れ立って物見遊山《ゆさん》に行ったりするらしい。堅苦しい屋敷にいたら、考えられない暮らしである。

音曲では都都逸のほかに、長唄、端唄《はうた》、小唄に誘われた。お茶に活け花も誘われた。

変わったところでは、はしご乗りやあん摩を勧められた。

それを言うと、

「あん摩ですか」

と、やよいはあきれた。

「だが、あん摩をやると、娘の身体も遠慮なく触ったりできるんだと」

「まあ、若さまったら嫌らしい。そんなことなさりたいのでしたら、どうぞあたくしを試しに」

と、うつむいて肩をすくめた。

竜之助は、途端に、夕べのやよいの湯上り姿を思い出した。

この役宅に内風呂はない。だいたいが、同心の家はほとんど近所の湯屋を使う。やよいも近くの湯屋に行っているが、昨夜は湯屋から出たところで、やよいと鉢合わせしてしまった。

男女混浴の湯屋だと、湯船でもばったり会ったりするのだが、ここは奉行所のお膝元で、さすがに混浴はない。

そのやよいの湯上り姿がまた、やけに色っぽかったのである。洗い髪がしっとり濡れて、すこし火照《ほて》った肌が、つやつやと、夜目にも輝くほどだった。ふだんは化粧が濃すぎるくらいのやよいだが、夕べは素顔もかなりの美人なんだと驚かされた。

おかげで昨夜はなかなか寝つかれなかったのである。

「馬鹿なことを言うでないッ」

と、あるじ然として叱りつけ、足がもつれそうになりながら雪駄《せった》をはいた。

「若さま。今宵《こよい》はきのこご飯にいたします」

「そうか」

「お早いお帰りを」

やよいのきのこご飯がまた、素晴らしくうまい。

ところが――。

外に出たところで、急ぎ足で来た男にあやうくぶつかりそうになった。

「あ、若」

「なんだ、爺《じい》か」

田安家の用人の支倉辰右衛門である。

中間《ちゆうげん》もつれずに、一人で出てきたらしい。後ろを振り向いたところを見ると、尾行でも気にしているのか。

「大事な話があります」

支倉の大事な話は、子どものときから聞き飽きている。十五のときには、「大事な話」と言われて、枕絵を見せられた。男女の交合が、順序よくあけすけに描かれていた。

「駄目。いまから、奉行所に向かうのだから」

と、歩き出そうとしたが、

「では、道々」

ついて来ようとするので、足を止めた。

「そんな格好でついて来られても困る。そうだ、中間か、小者に化けろ」

「若。なにを言い出すのですか」

「だが、そんな高そうな着物の恰幅《かっぷく》のいい男に、ついてこられるわたしの身にもなれ。同僚たちになにかと思われるぞ」

竜之助が走って逃げようとするので、

「わかりました。着替えます」

支倉も諦め、いったん役宅に引き返した。

「そんなぴかぴか光る着物は脱いで、襦袢《じゅばん》だけになれ」

と、無理やり剝《は》ぎ取るようにした。襦袢も秋の芒《すすき》の原を渡る雁《かり》が描かれた派手なものだが、この手のおかしな着物を好む中間もいないわけではない。

「まあ、いいか」

「これじゃ寒いですよ、若」

「馬鹿だな。年寄りには、寒いくらいが身体にはいいのだ」

「年寄りあつかいはやめてください。まだ四十五ですぞ」

「充分、年寄りだろうが。あ、それで、尻っぱしょりだ」

「こうですか」

のぞいた六尺ふんどしがやけにきれいで糊が利いている。

「破けた越中ふんどしをさせたいところだが……」

「やめてください」

「それと、やよい、棒があったな」

「はい」

玄関のわきの長押《なげし》から、六尺棒を取って寄越した。

「爺、それを持って」

支倉は六尺棒を杖のように摑《つか》んで立った。

「似合うな」

と言って、竜之助は笑いをこらえた。

これでいっしょに歩き出した。同心と中間である。いっしょに歩いてなんの不思議もないが、中間の品が良すぎると見る者もいるだろう。

「話というのはなんだ？」

と、竜之助が訊いた。

「じつは、お家のほうが、いろいろ面倒になっておりまして」

「面倒とは？」

「跡継ぎ争いでございますよ」

「なぜだ。寿千代《としちよ》さまも亀之助《かめのすけ》さまもおられるではないか」

田安家は、現在、五代慶頼《よしより》が当主になっている。

その当主には、すでに二人も男子が生まれていて、なんの問題もなさそうである。

「若。跡継ぎ争いというのは、次を争っているようでは遅いのです。すでに次の次の次を狙う争いが始まっておりますぞ。しかも、徳川のお家というのは、養子が行ったり来たりいたしますから、どこが安泰というのは、けっしてないのです」

それは竜之助も知っている。いまの田安の家の血にしても、同じ御三卿の一橋家からの流れになっていると聞いた。しかも、その一橋家には、一度、田安に入った血が帰っていったりして、複雑に入り組んでいるのだ。

「ひどい話だな」

「若には、そう見えるでしょうが」

「こんな世の中だぞ。先のことなどどうなるかわからんだろうが」

竜之助にしたら、手ぎわの悪い戯作者《げさくしゃ》が書いた茶番にしか見えない。馬鹿げた茶番には首を突っ込みたくない。

「お気持ちはわかりますが、そういうものではないのです」

「それで?」

「若に刺客が来るやも」

「跡継ぎになんぞなりたくないわたしを殺したって仕方がなかろうが」

「ご当人がなりたい、なりたくないの問題ではないのです。自分の都合でかつぎあげようとする者は出てくるのですから」

「同心になっちまったと言っておけばいい」

「どうせ、長いこと続かないと思われるだけです」

「ふん」

馬鹿馬鹿しくて話にならない。

気持ちのいい天気である。このところ、ずっと快晴の日がつづいている。こんな天気のときは、陰謀などはやめにして、品川の浜で海でも眺めたらいいのにと思う。

「若。屋敷にお戻りを」

「馬鹿だな。もっと危ないだろうが」

「それもそうですが、まさか屋敷内で暗殺は」

「毒だって入れられかねぬわ。それから、やよいは早く屋敷に帰せ。飯は自分で炊くし、洗濯や掃除には小女を雇うといいそうだ」

「そうはいきませぬ。あれには他の役目もあるのですから」

「なんだと」

そんなことは聞いていない。

「いえ、別に。あ、若、なんでしたら、お手をつけていただいてもけっこうですぞ」

支倉は顔を寄せ、大真面目な顔で言った。

「ば、馬鹿を申せ」

また、脳裏に夕べの湯上り姿が浮かんだ。

顔にかっと血がのぼるのがわかった。

二

「遅いぞ、福川」

同心部屋の前で、矢崎三五郎が、竜之助を見て怒鳴った。やはり、支倉と話していて、遅くなってしまったのだ。

「申し訳ありません」

「すぐ出る。殺しだ」

中間一人と小者一人を連れ、北へ向かった。

秋晴れのいい天気である。水辺に近づくと、とんぼが目の前をよぎる。

混雑する日本橋を渡って、まだまっすぐ行く。町人地は同じ方向に歩いても、一本、道がずれるだけで、町並のおもむきがずいぶんちがう。そこが面白い。これが大名屋敷が並ぶあたりだと、なまこ塀と白壁がつづくばかりで、同じ道をぐるぐる回っているような気がしてくる。

「矢崎さん、どこですか？」

「同朋町《どうぼうちょう》。柳橋《やなぎばし》の手前にある町だ」

柳橋は、神田川が大川に流れ込む手前にかかった橋である。江戸最大の歓楽街である両国橋西詰めにも近いため、粋筋《いきすじ》の人たちも多く住む。

「殺されたのは、小えんという都都逸の師匠だぜ」

「え、小えんさんが」

思わず声を上げた。

「なんだ、知ってたのか。おめえも隅におけねえな」

「いや、三日ほど前、通油町の番屋で世間話をしていたときに、弟子入りを勧められたのです」

「おめえが都都逸ね」

と、矢崎はせせら笑ったが、竜之助は実際、その気になっていた。

なにせ、美人だった。

色っぽくもあったが、やよいほどではない。だいいち、やよいとちがって、同じ屋根の下にいないところがいい。あの師匠だったら、ちょっとくらい深みに嵌《は》まっても、なにか面倒な利害がからむわけでもなく、大人の男と女同士のことだと許されてしまうだろう。

小えんの誘いは熱心だった。

「福川さまが習ってくださるなら、教授料はもちろんタダでけっこうですわ」

とも言われた。

だが、殺されたと聞いたいまにすれば、あれは、身を守って欲しいという理由のためではなかったか？

誰かに怯《おび》えていたのか？

「ここらだな」

と、矢崎は足をゆるめた。

なるほど柳橋の近くである。神田川の岸には屋形船が繋《つな》がれ、橋の下の向こうに大川が見えている。きれいなところである。

田安家の眼下にも水辺はあるが、あれはお濠《ほり》で流れない。水は流れないと腐る。お濠の水は湧き水が出るところがあって、腐るほどではないが、それでも川の流れとはちがう。

竜之助は川の流れが好きである。見ているだけでも飽きないし、つらいときに眺めればなぜか気持ちが癒《いや》される。川のそばに住めるなら、掘っ立て小屋でもいいくらいである。

「こっちです、旦那」

岡っ引きの文治が手を上げた。

小えんの長屋は、その道から路地を入ったところにあった。

九尺二間の棟割長屋よりはだいぶ上等で、四畳半の奥には押し入れがついた三畳間もある。向こうは庭といえるほどではないが、吹き抜けになっている。棟割長屋とちがって、風も通るし、陽も差している。

「けっこうな家だぜ。かなり弟子が大勢いたか、あるいはいい旦那でもついていたか」

と、矢崎が言った。そうした、女の暮らしぶりについては、竜之助はまるで見当がつかない。

「おっと、かわいそうによぉ」

矢崎が手を合わせながら、家に上がる。竜之助もつづいた。

小えんは奥の三畳間のほうに、仰向けになって倒れていた。殺されたままの姿勢にしては、不自然な感じがする。

着物に焚《た》きこんだのかお香のいい匂いのなかに、厠《かわや》で嗅《か》ぐ嫌な臭気も混じっている。腰のあたりの畳も湿り気が明らかである。

死に顔に苦悶《くもん》の名残りはなく、静かな表情をしている。ぷっくりした唇は、色が消え、三日前に見たばかりのあでやかな笑顔をうかがわせない。

「夕べ、見つけたんだって？」

と、矢崎が先に来ていた文治に訊いた。

「ええ。昨夜遅くに、入り口の腰高障子がすこし開いていたもんで、向かいの大工の女房が声をかけて気がついたそうです。おったまげて、近くの番屋に届けたときは、木戸も閉まった四つ半（午後十一時）で、奉行所に報せが入ったときは、九つ（午前零時）でした。すぐに当直の物書き同心の田畑《たばた》さまが駆けつけて来られましたが、くわしい調べは、夜が明けてから、矢崎さまを待とうということで……」

「うむ」

矢崎が重々しくうなずいた。

そこへ、一足遅れて、検死をおこなう年寄り同心の三村完二郎がやってきた。

竜之助もわきからのぞきこんだ。

首に手の痕《あと》があり、死因は絞められたことによる窒息死だとすぐにわかる。だが、三村は頭から丁寧《ていねい》に見ていく。

帯を解き、裸にして身体も見る。ほかに切り傷や打ち身の痕はないか。

下腹部に手をやったときは、竜之助は思わず目を逸《そ》らした。

「犯されてはいないな」

と、三村が言った。

「着物が乱れていたのに？」

と、矢崎が問い返した。

帯は半幅のものを適当に巻きつけたみたいになっていた。

「ああ、それはまちがいないな」

「あのう」

と、竜之助が遠慮がちに口をはさんだ。

「どうした？」

「化粧っけがないですね」

「落として湯にでも行こうとしてたんじゃねえか」

と、矢崎が言った。

「でも、その鬢《びん》のところ」

竜之助が指差すと、

「ほう。新人のくせに目がいいね」

と、年寄り同心の三村が褒めた。わずかだが、土のようなものが付着しているのだ。

「これは粘土のようだな。なんで、ここに粘土なぞついたんだろうな」

縁先の土は、よく見る赤土である。粘土であるなら、このあたりの土ではない。

「それと……」

「ほかにも気づいたかい？」

「首に残った痕がなにか変ですね」

「どう変なんだい？」

「小指の爪、それも右手だけが、長く伸びているんじゃないでしょうか。食い込みが深いように思えます」

「そこまで見たかい？」

三村は竜之助を見て、そのとおりだというように大きくうなずいた。

「小指の爪を伸ばしてる？　陰間《かげま》かね？　それとも妙な洒落者《しやれ》なのか？」

と、矢崎が苦笑いをしながら言った。

外が騒がしくなった。入り口のところにいた文治が、

「師匠の妹だそうです」

女が息を切らしていた。

「入れてやれ」

矢崎がそう言うと、女は両手を前に出しながら飛びこんできて、

「姉さん。ああ、なんてことだろ」

と、遺体にすがりついた。

顔が似ているから、ほんとの姉妹だろう。ただ、器量のほうは姉のほうが数段、上だった。同じ造作を使いながら、妹は配置がいくぶんずれてしまったという感じである。

年寄り同心の三村が、さりげなく妹の指先を見ていた。爪はどれも長くなかった。

——老練な同心は、妹であろうと疑うのか？

竜之助は感心したが、それには悲しい気持ちも混じった。

「妹なんだな」

と、矢崎が訊いた。

「はい。じつの姉妹です」

「近頃、会ったかい？」

「昨日の夕方、元気で会ったばかりなのに。いったい、誰がこんなことを？」

「そいつは、いまから調べるのさ。昨日はここで会ったんだな？」

「はい」

「変わったようすはなかったかい？」

「ありませんでした。お弟子が増えて忙しいと。あたしは三河町で清元《きよもと》を教えているのですが、あんたも都都逸にしたらどうかと言ってました」

「面倒な弟子がいるとかは？」

「いいえ」

と、首を横に振ったあと、

「あれ？」

目を見張った。

「どうしたい？」

「いや、あれ……？」

手を伸ばし、小えんの着物の袖を取り、なにかを思い出そうとするような顔をした。

「……」

矢崎は黙って待っている。竜之助は、わきから妹の顔をうかがっている。

「姉はあたしと会ったあと、どこかに出かけたのでしょうか？」

と、妹はようやく不思議そうに言った。

「なぜだね」

「昨日の夕方に会ったときと、着物の柄が違っています」

「ほう」

と、矢崎が嬉しそうな顔をした。

「あたしが会ったときは、小紋の柄が鯉《こい》の模様でした。でも、これは鯛《たい》ですよね」

よく見ると、縦縞のあいだに並ぶのは、たしかに鯛のかたちである。

男からしたら、鯉も鯛もたいしたちがいはなさそうだが、この際は大ちがいである。

　竜之助はすぐに、衣紋掛けに何枚か掛かっている着物をしらべた。縞が二枚に、無地の縮みが一枚。そんな柄の着物はない。

「福川、押入れを開けてみろ」

「はい」

　矢崎に命じられて、押入れを開けた。それほど詰まってはいない。奥に丸まった着物があった。

　取り出して広げると、

「あ、それです。まちがいありません」

　なるほど柄は似ているが、こっちは鯉の模様である。

「これ、おかしいですよ」

　と、妹が言った。

「姉はきちんとした人でしたから、こんなふうに着物を丸めて放り込むなんてことは、絶対にしないはずです」

「てえことは、下手人がやったのか」

　矢崎がそう言うと、妹は悔しそうにうなずいた。

「ところで、姉さんは弟子が増えたというが、どれくらいいたんだい？」

「たくさんいましたよ。先月、五十人を超えたと言ってましたから」

「そいつはてえしたもんだ」

と、矢崎は褒めたが、竜之助にはそれがどれくらいの数なのかわからない。寺子屋の師匠なら、五十人の子どもを教えるのは大変だろうが、寺子屋のように毎日、来るわけでもなければ、一日べったり教えたりするわけではないだろう。

「たしか、その茶簞笥《ちゃだんす》の中に、お弟子さんたちの名簿があったはずです」

妹が指差したところの引き出しを、竜之助が開けた。

「これですね」

「福川、ざっと数えてみろ」

「はい」

と、一人ずつ指を折りながら数えた。

「五十二人ですね」

五十三人目の弟子に、竜之助がなるはずだった。

つんと、悲しいものが鼻にきた。

三

「福川。おめえはいまから、この弟子たちを一人ずつ、しらみつぶしに当たれ。怪しいやつがいたら、おいらに報告するんだ」

矢崎にそう言われて、早速、名簿を当たっていった。

一人で調べてまわるのははじめてである。中間や小者もつけてもらえない。

最初に当たったのは、神田川の向こう岸、浅草下平右衛門町《しもへいえもんちょう》のたまご屋のおやじだった。竜之助は店に入るや、いきなり、

「小えん師匠が殺された件についてだがな……」

と、やったものだから、あるじは驚いて、持っていたたまごの箱を落とし、大騒ぎになった。そのあわてぶりが怪しいというので、今度は女房にまで締め上げられる始末である。

「あたしは、なにもしてませんよ。それはいつのことですか？」

「昨日の夕方から夜にかけてのことだな」

「あ、その日は仕入れの算段のため、あたしは川越まで行ってました。向こうで何人もの人と会い、もどったのは今日の昼ですから」

ようやく、ほっとしたらしい。

しかし、竜之助は別に嫌疑をかけたつもりはない。弟子の中に、怪しいやつや、小えんを殺す理由があるようなやつがいないか、教えてもらおうと思っただけである。

それを言うと、

「いきなり、殺しがどうのとおっしゃるもんだから、魂消《たまげ》ちまって」

「そいつは悪かった。たまごは買い取らせてもらうよ」

「滅相もない。黄身をすくってたまご焼きにしますから、持っていって弁当のおかずにでもなさってください」

と、あるじは一刻も早く帰ってもらいたいらしい。

「怪しいやつはどうだい？」

名前を写した手帖を見せた。

「あたしに訊かれても……」

結局、弟子の中に怪しい男は思い当たらないらしかった。

この日は、弟子七人に会った。若者は思ったよりも多くなく、あわよくば師匠とねんごろになどと考えていたらしいおやじどもがほとんどである。

だが、考えてみたら竜之助だって似たような下心はあったのだから、そうは責められない。

ただ、おやじたちは、話を聞くやいなや、「あたしは関係ない」と、すぐさま逃げの態勢に入るのにはあきれてしまった。さんざんしつこくしていたくせに、弔いすらとぼけようという態度である。

「ひでえなあ」

と、竜之助はつぶやいた。町人たちの人情もあるようでなかったりする。

次の日――。

奉行所の門のところで、文治が待っていて、

「福川の旦那。和三郎《わさぶろう》というやつには会いましたか？」

と、訊いてきた。

岡っ引きたちは、原則として奉行所の中に入ることができない。なにせ、ときおりは岡っ引きそのものを使うことが禁止されるくらいである。奉行所に大きな顔をして出入りされるなど、とんでもないことなのだ。

もっとも小栗忠順は、緊急を要するときは入ってきてもいいと、与力たちに伝えたらしい。いまの世は、物事が迅速に運ぶことが第一だからというわけであ

る。ところが、旧弊な与力たちの何人かは、この命令に対してひそかな抵抗を試みているらしい。

もちろん竜之助は、小栗の考えのほうに賛成である。

「いや、まだだな」

胸のところに入れていた手帖を出して、くくってみた。

「これか。橋本町四丁目、こいのぼり屋の和三郎。ここまでいくには、あと四人ばかりあるな」

「そっちを先にしましょう」

「なんか、わかったのかい？」

「じつは、和三郎は死体が見つかるすこし前に、長屋に来ていましてね。一昨日は和三郎の稽古の予定はなかったんです。しかも、あわてて路地から出ていくところを、近所の男に目撃されています」

「ほう」

それは、まちがいなく怪しい。

「いまから行きますが、旦那もごいっしょに？」

「おう。いっしょに連れてってくれ」

かくして、神田の橋本町へと向かった。

文治が教えてくれたところによると——。

ここらは願人《がんにん》坊主が多いことで有名らしい。願人坊主というのは、僧籍に入りたくても入れないでいる坊主のことだが、むしろろくな芸もない大道芸人のようになって、物乞いをしてまわっている。その願人坊主たちが集まって住む長屋もあるらしい。

だが、こいのぼり屋は表通りにあって、見かけは悪くない。〈五月屋《さつきや》〉というのが屋号だった。

こいのぼりなんて、年に一回のものだから、そう儲かる商売ではないだろうと思ったが、意外に構えは大きい。

和三郎の歳は三十くらいだろう。てきぱきと手代に命令するおかみさんも、店の中にいて、同心姿の竜之助と岡っ引きの文治が顔を見せると、ひどく不安げな顔になった。

もっとも、いきなり町奉行所の同心が入っていって、喜ぶ町人などはまずいないだろう。

文治はさすがに竜之助とはちがい、

「旦那。ちっとそこまで」

と、店の外に呼び出し、柳原《やなぎわら》土手の人けの少ないところまで行って、話を訊いた。すでに和三郎の顔色は真っ青である。

「和三郎さんよ。あんた、一昨日の夕方、どこに行ってた?」

文治は土手にしゃがみこみ、和三郎からわざと視線をはずして訊いた。柳原土手は辻斬りの名所といわれ、夜ともなれば、物騒なところだが、昼間は荷船などが川面をゆっくり行き来している。

「一昨日の夕方は、たしか、本所の横網町《よこあみちょう》の知り合いのところに」

「あれ、そいつは不思議だなあ」

と、文治はすっとぼけた。

「な、なにがですか?」

「同朋町でさ、おめえさんを見たっていう人がいるんだがね」

「ど、同朋町で? それは人ちがいじゃないですか。あたしとよく似たつらの男が、神田にいるらしいとは聞いたことがありますよ」

和三郎はあくまでもしらばくれるつもりらしい。ほんとに下手人であるならともかく、ひた隠しにするのはまずいのではないか——と、竜之助は思った。

「和三郎さん。そんなに青い顔してしらばくれようってのは無理だ。行ったんだろ。わかってんだぜ。小えん師匠のところに」

「ひっ」

和三郎が変な声を出した。

「なんだい？」

「あ、あ、あたしが行ったときは、もう、死んでいたんです」

ぶるぶる震え出している。

「だったら、なんで番屋に届けねえんだよ」

「あたしが疑われたら嫌だと思って」

「あわてて逃げるほうが、もっと怪しいんだぜ」

「すみません。気が動転してしまいまして」

そういうことはあるだろう。死体——それも殺された人間なんて、そうそう見るものではない。

「ところで、あんたが会ったとき、小えん師匠はどんな着物を着てたね？」

「着物？　そんなことは覚えちゃいません」

和三郎はきょとんとした顔になった。

「小えん師匠は、鯉の模様が入った着物を持っていたよな」

「あ、はい。あたしがあげたものです」

「お、あんたがあげたのかい？」

「ええ。それを着てたのですか」

「夕方まではな。ところがさ、殺されたときには、同じような柄で鯛の模様の着物を着ていたのさ」

「鯛の模様？」

和三郎は首をかしげた。

「おかしなことだぜ。まるで、下手人が鯉の模様だとめぼしをつけられるのを恐れ、あわてて別の着物に着替えさせたみたいなんだよ」

「そ、それって、あたしがやったと……」

「まだ、そこまでは言っちゃいねえさ」

「そんなあ。なんであたしが小えん師匠を殺さなければならないんですか。惚《ほ》れてたんですよ、あたしは」

と、泣き声になった。

「おいおい、人ってえのはさ、あんまり惚れすぎると、今度は逆に憎くなっちまう。そんなことはわかりきってるじゃねえか」

　と、文治が苦笑いしながら言った。

　——え、そうなのか？

　竜之助は不思議に思った。惚れすぎると、逆に憎くなるのか。それは町人独自の心情なのか。そういった微妙な気持ちはよくわからない。

「ま、今日はこのへんでやめておくか」

　と、文治が十手で肩を軽く叩きながら言った。

「お、親分。助けてください。あたしはやってませんから」

「おいらとしてはくわしく調べるだけだがな」

　と、文治は愛想は言わない。

　肩を落として帰っていく和三郎の後ろ姿を見ながら、

「あいつが下手人には見えないがな」

　と、竜之助は言った。

「福川の旦那。そうは見えねえ下手人なんぞ、山ほどいますぜ」

「だが、帰したんだな」

「ええ。まだ、これぞという決め手はありませんから。あいつの店は、あっしが使っている下っ引きに見張らせましょう」

枯れ芒が目立ちはじめた柳原土手を、風が大きく撫《な》でて過ぎた。冬を間近に感じさせる寒々しい光景だった。

八丁堀の役宅にもどった竜之助は、やよいの給仕で飯を食べ終えると、横になって考えこんだ。

――和三郎は、小えんに惚れていた……。

だから、殺すわけがないと、和三郎は言い、文治は、だからこそ憎くなると言った。どっちが人情というものなのか。

「なあ、やよい。惚れると、憎くなるなんてことがあるのかね」

と、廊下をはさんだ向こうの部屋に入ったやよいに声をかけた。

「あら、いやですよ」

障子の向こうから返事が来る。奥女中にはあるまじき無礼だが、ここは同心の家、いちいち来なくてもいいと言ってあるのだ。

「なにがだ」

「若さま。わたくしを殺してしまいたくなったのですか」

「馬鹿。いま、手がけている殺しの件だ」

「そうでしたか……殺されたのは？」

「ほら、このあいだ、ちらっと話した都都逸の師匠だよ」

「まあ、殺されたんですか」

「ああ。かわいそうにな」

「惚れてた人が殺した？」

「じゃないかという疑いがあるのさ」

「それは変ですね？」

「なにがだ？」

「都都逸のお師匠さんでございましょう」

なんだ？　都都逸の師匠なら、殺されても当然だとでも言うのか？　竜之助はすこしむっとしながら訊いた。

「だから、なんだ？」

「しかも、おきれいなんでしょ？」

「たいした美人だったな」

「したたかでございますよ」

やよいはすこし意地悪っぽく、そう言った。

「ふむ」

「よろしいですか、若さま。そういうお人は、しつこくされることなんて慣れてますよ。粉はまけるだけまいて、今度は惚れたと言い寄る男たちを、かるくいなすのです。それくらいの手練手管《てれんてくだ》を身につけていないと、美人の都都逸の師匠なんてやっていけませんよ」

「ほほう」

やよいは、町家から田安家の奥女中にきたのか、あるいは武家の娘だったのか、いままで訊いたことがない。だが、そんなことまで知っているというのは、やはり町家出身なのだろう。

「だから、男のほうもまだまだ期待を胸に、師匠を追いかけていたはずでしょ」

「とすると、惚れたからといって、殺すようなことにはならないと？」

「おそらく」

竜之助は、やよいの推察に感心した。

――やよいのやつ、なかなか鋭い。

褒めようと思って、こっちの障子を開けると、向こうの障子にやよいの影が映っている。しかも、どうも、上半身をはだけて化粧を落としているようすである。

「あ」

あわてて閉めようとすると、

「そういえば、若さま」

「な、な、なんだ？」

「支倉さまから連絡がございました」

「来たのか、ここに？」

「いいえ。わたくしのほうが、伝通院《でんづういん》のほうに参りまして、そこで密命を受けてまいりました」

「伝通院に？」

小石川の高台にある、徳川家ゆかりの寺である。竜之助も何度か参詣したことがあるが、江戸でも指折りの大きな寺で、権現さまのご母堂や、大坂落城で知られる千姫さまの墓などもある。

「書状などいただきますと、奪われる恐れもありますから、大事なことはお言葉でいただきます」

「して、なんと？」

「はい。三日に一度は北の丸のお屋敷にうかがうようお願いしておりましたが、危険が迫っておりますので、おいでいただかなくてけっこうですと」

「ふうむ」

馬鹿馬鹿しいと相手にしなかった跡継ぎ争いだが、本当にそれほど切羽詰まっているのだろうか。

それにしても、やよいはわざわざ遠くまで出歩いて、密命を持ってきた。

そういうやり方を誰に教えてもらったのか？

しかも、なんだか、なに食わぬようすで。

やよいという女は、ただの色っぽい女中ではないのか？

そういえば、支倉は他の役目があるなどと言っていた。

「やよい……」

「はい」

影がこっちを向いた。豊かな乳房が揺れるのがわかった。小さくつんと突き出たもの。障子に映る影になると、ますます色っぽい。目まいがした。

「いや、なんでもない」

「なんでもないと言ったら、なんでもないぞ。わたしは、もう寝る。話しかけるな」

竜之助はあわてて、押入れからふとんを引っ張り出した。

「ま、若さまったら」

四

駒込《こまごめ》のほうで別の事件が起きたため、定町廻り同心の矢崎三五郎が急に忙しくなった。

「福川。おいらは二、三日のあいだ、駒込のほうに出ずっぱりになりそうだ。そのあいだ、小えん殺しのほうを適当に調べておいてくれ」

「適当にですか」

と、竜之助は不満げに訊いた。

「そりゃそうだ。見習いに本気でやられちゃ、かきまわされてあとが面倒になるだけだ。適当に、疑わしいやつらの近くをうろうろしてるだけでいい。それだけでも耐えられずに、自白する連中だっているんだからな」

「わかりました」

とは言ったが、和三郎のところへは、なんとしても行くつもりだった。

神田橋本町の〈五月屋〉の前に立つと、和三郎はころびそうになりながら、竜之助のところに駆け寄ってきた。

「同心さま。まさか、あたしをしょっぴこうと？」

「そうじゃねえさ」

と、竜之助は巻き舌で言った。ここに来る道すがら、自分を照れずに「おいら」と呼ぶことと、巻き舌で話すのを稽古しながら来た。やはり、同心らしく見えないことには、調べだってうまくいかない。

「おいら、考えたんだがよぉ」

と、また柳原土手のほうに足を向けた。

「はい」

「おめえがあげた鯉の着物を、あんなふうにこれ見よがしに押入れに入れておいたということは、死体の着物を替えたことを見破らせたいからではないかと思ったのさ」

「ははあ」

「ということはだぜ、おめえを陥れようというやつが、どこか身近に隠れているってことだ」

「そりゃあそうですよ」

と、和三郎が当たり前だとばかりにうなずいた。

「なんで、そりゃそうなんだ？」

「だって、あたしが小えん師匠の死体を発見したとき、あんなに慌てたのは、死体のわきに、『和三郎にやられた』という張り紙があったからですよ」

そうだったのか。だから、大あわてで長屋を飛び出して行ったのだ。

「その紙はどうしたい？」

と、竜之助はあわてて訊いた。

「捨てましたよ、あんなもの」

「どこに？」

「神田川に丸めて。もう、とっくに海に流れ込んだはずです」

和三郎は、柳原土手の下を流れる神田川を指差した。神田川はこのところたいした雨もないのに水量は多く、さかのぼる舟は漕《こ》ぐのに力がいるように見えた。

「馬鹿だなあ……」

竜之助はあきれた。いくら動揺していたといっても、やることが短慮すぎる。

「もしも、それがあったら、てめえの疑いが晴れたのだぞ」

「どうしてですか？」

「締め殺されたやつが、字を書けるか？」

書いたほうもよほど知慧《ちえ》が足りないか、かなり動揺していたのだろう。「和三郎がやった」ならまだしも「やられた」はないものである。

「あ……」

「おめえを陥れようとしてるやつがいる証拠じゃねえか」

「ほんとだ。ああ、なんて馬鹿なんだ。どうしたらいいでしょう？」

和三郎は足をばたばたさせながら、竜之助の袖にしがみついた。

「待て、待て。おたおたするんじゃねえ。よおく考えろ。ここが助かるかどうかの瀬戸際だぜ」

「は、はい」

「おめえの名前を書いた紙があったというのは、おめえが小えん師匠のところに来ることを知っていたやつのしわざだろ」

「そうなりますね」

「誰かに言ってきたのかい？」

「いえ」

「言ってねえのか？」

「ただ、知ってる人たちはいました。そのあとで、句会に行く予定になってました。あたしが師匠のところに行ったのは、師匠を句会に誘おうと思ったからです。それに、句会の人にも連れて来いと言われてましたので」

「句会……」

「月に三度やっていて、七、八人が集まります。その人たちは、あたしが小えん師匠の家に寄ることは知ってました」

「その、句会に来る人を、紙に書き出してみてくれ。住まいと、仕事もいっしょにな」

竜之助の胸が高鳴りはじめた。

いったん奉行所にもどると、矢崎とは別の先輩の同心から用事を言いつけられ、また急いで飛び出した。

「福川の旦那。どちらに？」

と、声をかけてきたのは、瓦版屋のお佐紀だった。お佐紀はいつも奉行所の近くにいる。訴訟に来る人の話を聞いたり、同心が慌てて出ていくのを追いかけたりするのだ。そうやって、瓦版の面白いネタを集めている。

今日も、竜之助が飛び出したのを追いかけてきた。

「ちがう、ちがう。事件ではないぞ」

そう言ったのに、信用しないのかずっとついてくる。毎日、歩き回るからだろう、達者な足である。しかも、旅に出るときのように、脚半《きゃはん》まで巻いている。急ぎ足の竜之助に、遅れずについてきている。これなら、足自慢の矢崎にだって置いていかれることはない。

振り向くと、十間（約十八メートル）ほどあとにお佐紀の真剣な顔がある。切れ長の目には、知慧を漂わせた光がある。事実、なにを話しても、会話は打てば響くようであり、いろんな知識もある。

話していっこうに飽きない女というのは魅力的だった。やよいだと、話をするうち、気分がもやもやしてきてしまう。

江戸橋の上まで来て、竜之助は止まった。

お佐紀もすぐに追いついてきた。

「なんだ、お佐紀ちゃん。事件ではないと言ったのが、聞こえなかったのか？」

「でも、あんなにあわてているんですもの。絶対、なにかあると思った」

そう言って、きょろきょろとあたりを見回した。江戸橋は日本橋からわずか二町ほど下流にあって、こちらも立派な橋だが、混雑ぶりは日本橋の半分ほどか。騒ぎが起きたようすもなく、人の流れは淀みない。

「先輩同心がここで見張りに立つことになっていたのが、時刻に間に合いそうもないので、かわりに行けと言われたのさ」

「そうだったのですか」

「すまないな。誤解させてしまって」

竜之助は頭を下げて詫《わ》びた。

「そんなとんでもない。あたしがおっちょこちょいだから悪いんです」

さすがに疲れたらしく、江戸橋の欄干にもたれて、下の流れを見やった。船の往来は楓川《もみじがわ》や東西の堀留川とぶつかるところだけあって、日本橋の下より混雑している。

「そういえば、きのうの瓦版を読んだぜ」

やよいのことを考えたら、しばらく眠れなかったので、買っておいたその瓦版を読んだのである。

「ありがとうございます。どうでした？」

「面白かったさ。とくに、三号ほど前の、ちいさいくらべの話は面白かった」

「あ、あれね」

それは、江戸人形の精巧なもので、このところは小さなからくり人形まで出てきている。そうした人形をつくるのに、いくつもの店や職人が、競い合っているというものだった。

からくり儀右衛門《ぎえもん》という凄《すご》いからくり師が、信じられない仕掛けの人形をつくっていて、それは見たことがあったが、そんなに小さいからくり人形ができているとは知らなかった。

「そういう人は、細かい作業をするとき、道具を使うのかい？」

「いろいろ。爪の先を使ったり……」

「爪の先……」

竜之助の表情が硬くなった。

「なにか？」

「爪の先をどうしてる？」

「伸ばしてますよ。そんな長くはないけど、尖らせて。たいがい、右手の小指ですね」

懐に入れたままの、和三郎が書いた紙を取り出した。

「たしか、ここに……これだ、人形師の源二《げんじ》。住まいは三光新道《さんこうじんみち》」

「三光新道ってのは、人形町よ。ああ、源二ね。その話を書くのにも話を聞いたわ。なんて言うか、ちょっと怖い人」

お佐紀はそう言って、ぶるぶるっと身体を震わせた。

五

直接、源二のところに行く前に、和三郎の店に寄り、

「あんたの知り合いに、小指の爪を伸ばしている男はいないかい？」

と、訊いた。もしかしたら、源二は爪のことに気づいて、切ってしまったかもしれない。

和三郎は、竜之助は自分を疑っていないというのがわかったので、以前のようにおどおどしたようすは見せない。

「小指の爪ですか……あ、そういえば、源二はこまかい作業をするときにそなえて、小指の爪をちっと伸ばしていたかな」

「その源二は、このあいだの句会には？」

「ええ。来てましたよ」

和三郎が小えんのところに寄ることも知っていたのだ。

「源二は小えん師匠のことは知ってるんだろ？」

「ええ。あたしが紹介したこともありますから。でも、源二は音痴でしてね。都都逸を習おうって気はなかったんです。ただ、師匠のことは、きれいだ、あんな顔の人形をつくりたいって、しきりに言ってましたっけ……」

「あんな顔の人形……」

「旦那、源二がなにか？」

「いや、いい」

竜之助は急いで踵《きびす》を返した。

人形町の源二の店には、文治と下っ引き一人を連れて行った。

下っ引きには裏手にまわってもらい、表から竜之助と文治が入った。

仕事場はかなり広い。板敷きだが、畳にして十畳間ほどはあろうか。きれいに整頓された壁の棚には人形が飾られているが、仕事台の回りは材料の入った箱がいくつか並べられているだけである。

源二は、仕事台の前に腰を下ろし、一心に手を動かしていた。そのわりには、表情が変にとろけたふうに見える。お佐紀が気味が悪いと言っていたのは、こういうところもあるのだろう。

竜之助と文治は挨拶《あいさつ》もなく、のっそりと土間に立った。

気づいた源二が、ゆっくり顔を上げた。

「なんでしょうか？」

「なあに、仕事ぶりを見させてもらうぜ」

こっちは着流しに羽織、小銀杏《こいちょう》の髷《まげ》に、朱房の十手、どう見ても、八丁堀の同心である。隣の文治も、帯に十手を差している。

源二が固まったように動かなくなった。

「ふうん」

と、竜之助がつぶやき、壁にかかったお面を見た。

小えんの端整な顔が、生き写しになっている。唇には紅が塗られ、あでやかな笑顔とともに、いまにもしゃべり出しそうである。

「そっくりのわけだよな」

「なにをおっしゃってるのか」

「本物の顔をぴったり粘土におっつけて型を取るんだもんな」

「…………」

「ちょこっとついてたぜ。小えん師匠の鬢のところに。化粧まで取れちまってた」

「…………」

源二は正面を向いたままである。こわばってはいるが、恐怖はうかがえない。

「ひでえやつだよ。友だちに罪をなすりつけようなんて」

と竜之助が言うと、源二は口を尖らせて、

「だって、和三郎があの人をあっしに紹介なんてしなきゃ、あっしは人を殺すなんてことはなかったんだもの。もっと穏やかな気持ちで生きていられたんだもの」

「和三郎のせいだってのかい？」

「そうだろ」

大真面目の顔である。

「殺そうと思ったのはおめえだろう？」

竜之助があきれてそう言うと、

「そう思わせたのは和三郎だろ？」

と、言い返してきた。

竜之助の背中に冷たいものが走った。どこか、いわゆるふつうの人間とはちがったものを感じる。

お面は小えんの顔そっくりのものだけだが、表からは見えないところの棚には、きわどい人形が三体ほど飾ってある。まっすぐ立てれば、一尺ほどの人形だが、全裸のうえにあられもない格好で横になっている。あらゆるところまで、かなり精巧につくっているらしい。

立体の春画のようなものだが、春画とちがうのは、男をつくらない。女だけが、あられもない格好をしているのだ。

「きっかけをつくったのは和三郎かもしれねえが、やったのはおめえだ。いっしょに番屋まで来てもらおうか」

竜之助がそう言うと、

「けけけけ……」

と、源二が笑った。

なにが嬉しくて笑っているのか想像ができない、奇妙に歪《ゆが》んだ笑顔だった。

「連れていけるかなあ」

「なんだと？」

「格好のいい同心さま、こいつに勝てるかなあ」

源二がすばやく棚から人形を一体取って、ぽんと目の前に置いた。

それがぎぎっと小さな音を立てて動き出した。左手に弓、右手に矢を持っている。矢をつがえてゆっくり弓を引きはじめた。

同じような人形を見たことがある。

からくり儀右衛門がつくったやつである。小さな人形が弓を撃ち、すこし離れた的に矢を命中させるのだ。

――たしか、弓ひき童子と名づけていた。

だが、これは弓ひき童子よりもっと小さい。

小さくて愛らしい人形なのに、竜之助は禍々《まがまが》しさを感じた。つくる者が込めた悪意を嗅ぎ取った。

――おそらく矢には毒を塗っている。

「いまだ。撃て、童子！」

源二が嬉しそうに叫んだ。

人形の手元が光ると同時に、竜之助は刀を抜き放った。

矢は小さな針だった。それがまっすぐ竜之助の喉のあたりを目がけて飛んできた。これを居合いで叩き落とした。小さな針である。それなのに、こつんと意外な手ごたえがあったのは不思議だった。

二矢目も放った。これは刃をすこしひねるようにしてはじいた。

三矢目もきた。ずっと手前で斬った。人形は動きを止めた。

小さな針を斬る剣の技がどれくらいのものか、人形師にも想像がついたらしい。目を見張ったまま、源二は小さく震えだした。

竜之助は、静かな声で言った。

「三本とも、おいらを狙ってきたのかい。おい、源二。からくり儀右衛門の弓ひき童子はよ、五本の矢を打つんだが、五本目の矢は的を外すんだぜ。わざと失敗させるんだ。見ていた者はどっと笑うぜ。洒落てるだろ。おめえのは野暮だ。小さくてきれいなだけで、工夫ってえものがないだろうが」

「きゃっ」

と、やよいの小さな悲鳴がした。

捕り物に疲れて、うとうとしていた竜之助だが、異変は察知できる。刀を摑んで飛び起きた。

やよいの部屋に飛び込む。

雨戸が開けられ、やよいは暗い庭のほうを睨《にら》んでいる。闇が凶々《まがまが》しい渦を巻いているように見えた。

「どうした？」

「そこに誰かが」

指差したのは、狭い庭の真ん中である。

大きな石がある。狸石とでも名づけたいようなかたちをしている。

――こんなところに石などあったか？

そう思いながらやよいの小さな下駄をつっかけて、庭に下りた。

石の前に立ったとき――。

石は突然ふくらんで、宙に広がった。石に見えたのは、布をかぶっていたからだった。敵が立ち上がったときには、刀は上段から振り下ろされていた。

足元が悪く、一歩引くのに苦労した。

そのとき、小さな皿が、敵の顔面をかすめた。やよいが咄嗟《とっさ》に投げたものらしい。

敵の踏み込みも甘くなった。

刃が竜之助の額をかすめた。あやういところだったが、次の攻撃は完全に見切った。刀を抜き放つと、

がつっ。

と、刃同士が当たり、暗闇に青い火花が散った。

受け止めると同時に、竜之助の腕がすばやく円を描き、敵の刀を巻き上げた。

刀が宙を飛び、屋根の端に刺さった。

「くそっ」

敵は舌打ちし、低い生垣を飛んで、外の道に出た。

「逃がすか」

竜之助もすぐに外に出た。弦月の明かりで、敵の姿は見えている。

敵の足は速い。

が、竜之助も速い。いつも四半刻（三十分）ほどで、お城を一周していた。

敵は亀島橋を渡り、将監河岸《しょうげんがし》に沿って進んでいく。繋留《けいりゅう》された船が闇にひそむ獣たちのように並んでいる。突き当たりは海だが、その前に御船手《おふなて》組の屋敷な

どがある。

ふいに、東湊町《ひがしみなとまち》の角を曲がった。

竜之助も曲がった途端だった。先に行ったはずの敵が大きく宙を飛び、竜之助に襲いかかってきた。刀はさっき巻き上げて飛ばしていたが、今度は小さな小柄《こづか》のようなものを手にしていた。

いったん、刀をおさめていて、抜く暇もない。咄嗟に、刃物をかわすと手首を摑み、ひねるように投げた。

敵は大きく回転し、地面に転がった。どさっと音がし、闇を汚すように土埃《つちぼこり》がすこしあがった。

そのとき、

「きゃあ」

と、悲鳴が上がった。

道のわきで娘がうずくまった。飛ばした敵の刃物がどこかに刺さったのかもしれない。

「おい、大丈夫か」

思わず、そっちに注意を向けた。

その隙に――。

敵は、玩具《おもちゃ》の飛んだり跳ねたりが飛び上がるときのように、ぱんと地面に起き直ると、たちまち駆け去っていく。高橋を渡り、さらに稲荷橋を渡って、鉄砲洲《てっぽうず》のほうへ……。

「娘。どうした？」

「痛っ」

「見せてみろ」

飛んできた武器が手の甲のあたりに当たったらしい。幸い、刃とは反対の柄のほうが当たったようで、切り傷も刺し傷もなかった。

――この武器……。

小さな槍の穂先のような武器で、柄のところに丸い輪がある。ここには縄をつけ、どこかにひっかけたりするときに使うのだ。

――たしか、苦無《くない》という武器……。

ふつうの武士は使わない。忍びの術を使う者たちの武器であったはずである。これで石垣をよじのぼり、自らがひそむ穴を掘ったりする。

――忍者か……。

厄介《やっかい》なやつらが出てきたものである。

竜之助は、しばらくのあいだ、敵が去った闇の奥にひそむものの正体を見極めるように、鉄砲洲のほうへ目を凝《こ》らしていた。

第三章　盗まれた十手

駒込の日光御成道沿いにある本渓寺《ほんけいじ》は、大きな寺である。

門前に大きな公孫樹《いちょう》の木があって、ほのかに色づきはじめている。門をくぐると、境内の一面に白い玉砂利が敷かれていて、殺風景なくらい広々としていた。

ここを見て、まるで贋物《にせもの》の天竺《てんじく》のようだと書いた文人もいるという。すっきりした美しさに、どこか白々しさを感じたらしい。

正面に本堂の建物がある。見上げるほどに巨大で、縁側に上がるためにも、履物を脱ぎ、階段を二十段ほど上らなければならなかった。

その縁側に、いま、白木の台が置かれ、磨き立てられた漆塗りの長持が載っていた。そのなかには、どうやらきわめて大事なものが入っているらしい。

眩《まぶ》しい金色の袈裟《けさ》を着た、いかにも上品な僧侶がその前に立った。

名僧として知られる月眞《げっしん》僧正である。

その月眞が、

「これがいまから運んでもらうものでな。眼福《がんぷく》ということもあろうから、あなたがたにもちょっとのぞいてもらおうかの」

と、気さくな口調で言った。

いまからこの長持を運ぶのは、四人の人足である。それに、頼んできてもらった寺社方の二人の武士と、この寺の二人の僧侶が付き添うことになっている。

この寺の僧侶はすでに長持の中身を見ているらしく、手で武士や人足たちに、階段を上るよううながしただけだった。

「ほう……」

最初にのぞきこんだ武士が、そう言った。

つづいて、もう一人の武士と人足たちが、順々にのぞいていったが、いずれも、

「へえ……」

「はあ……」

「うえっ」

などと、ため息のような声が洩《も》れるばかりだった。

なかに鎮座していたのはまばゆいばかりの——いや、比喩《ひゆ》ではなく、眩しさそのものの金塊だった。

小さな山のように盛り上がったかたちの黄金だった。変に整えられておらず、無骨《ぶこつ》なままのかたちがまた、黄金を黄金らしく見せていた。

「この冬に開眼《かいげん》する御仏の全身をおおうことになる金でな。ありがたい輝きを放ってくれるはずじゃ」

僧正の言葉を反復するように、二人の僧侶がゆっくりうなずいた。

階段の下におりていた武士と人足たちもうなずいた。人足のうち二人は、あわてて黄金に向かって手を合わせた。

「無事に着くよう、ちと、祈ろうかの」

月眞僧正が、皆の前で手を合わせ、しばらく経文を口にした。

読経にこたえたかのように、雲間からお天道さまがのぞいた。長持のなかの黄金は、強い熱を持ったように、いっそうまぶしく輝き出した。

月眞僧正は祈禱《きとう》を終え、絹の布を上からかぶせ、長持のふたをした。

それから、八人の一行を眺めやり、

「では、くれぐれも無事に運ぶようにな」

と、やさしい口調で言った。

一

神田旅籠町《はたごちょう》の〈すし文〉は混んでいた。店の半分は、畳敷き、もう半分は土間に腰掛を置いているが、どちらも満席だった。

竜之助は、同僚の大滝慎一郎《おおたきしんいちろう》と、それに瓦版屋のお佐紀といっしょに畳敷きのほうに座って、寿司をつまみながら酒を飲んでいた。

江戸の寿司屋は、屋台の店が多いが、ここは店の中で食べさせる。いいネタを握ってくれるし、酒も飲める。のれんをくぐるとすぐ、文治のおやじの文太が、

「今日はあまりネタがなくて、まぐろとコハダくれえだよ」

と言ったが、そのどちらも素晴らしくうまい。

はじめて来たときは、寿司の食べ方もわからず、皆に唖然《あぜん》とされた竜之助だったが、何度か来るうちに上手に食べるようになった。

「ほんと、こんなうまい寿司は、初めてです」

さっきから凄《すご》い勢いで寿司を口にしている大滝が言った。

大滝も定町廻りの見習いについていて、歳は竜之助よりも五つほど若く、竜之助が誘って連れてきたのだ。

「お佐紀ちゃん。もっと、ぐいっと」

と、竜之助はギヤマンの罎《びん》に入った酒を差し出した。

「やぁね、福川の旦那ったら」

瓦版屋のお佐紀は、竜之助たちのすこしあとに入ってきて、混んでいたので同じ席に座っていた。

お佐紀はすこしだが、酒を飲む。江戸では、女だって酒を飲むのは当たり前である。中毒になって亭主を悩ませる長屋のおかみさんだっている。

「でも、おいしい。このぶどう酒」

「うむ。もらいものだが、いいものらしい」

やよいが、支倉さまから預かったといって二本持ってきたものである。ぶどう酒そのものは、江戸ではずいぶん前から出回っていたが、これはとくにいいものだそうで、それなら文治たちと飲もうと持参したのだった。

「ねえ、福川さま」

と、お佐紀がなにか訊《き》きたそうにした。

竜之助は酒が強い。限界まで飲んだことはないが、以前、二升まで飲んだとき、すこし足元がふらついたことがある。お佐紀は真っ赤だが、ずいぶん飲んだはずの竜之助は顔色ひとつ変わっていない。

「独り身なんですか？」

「ああ、そうだよ」

「あれ、独り身でしたっけ？」

大滝が怪訝《けげん》そうな顔をした。たぶん、一度、いっしょに帰ったとき、家の前にいたやよいを見かけたのだ。竜之助の新造だと誤解したのだろう。

「へえ、そうなんだ」

と、お佐紀が竜之助を見た。切れ長の涼しい眼差《まなざ》しである。

「女房持ちには見えねえだろ」

「おいくつでしたっけ？」

「二十五だよ」

「そろそろですよね」

「お佐紀ちゃんこそ、いくつでえ？」

「うむ」

竜之助はずいぶんざっくばらんな話しかたになっている。町方の同心の言葉遣いは、町人と接することが多いせいか、かなり乱暴である。巻き舌の使い方などは、町人よりもひどいのではないか。

じつは、それも竜之助が同心に憧れた理由の一つだった。堅苦しい言葉遣いは、気持ちまで堅苦しくさせる。もっと、生き生きと、川っ縁を走るような気持ちで、言葉を話したい。ずっとそう思っていた。

初めて同心が話すのを市中で聞いたのは、十三、四のころだったが、同心たちの言葉は、まさにそんなふうに聞こえた。

同心になって、さっそくそんな言葉遣いをはじめている。夜、寝る前には稽古をしながら寝る。ひとりごとだったが、初めて自分を「おいら」と呼んだときは、激しく赤面した。意味もなく、「てやんでえ、べらぼうめ」などとつぶやいたりもした。遠慮のない言葉というのは、なんといいものなんだろうと思った。

ひそかな稽古が実を結びつつあるのだが、ただ、ときにおかしな言葉遣いになる。

「あたしはまだ、二十歳ですよ」

「え、まだかい？」

江戸の娘たちは、たいがい嫁にいっている歳だ。

「いいんですよ、あたしは」

そこへ、おやじが土間に立って話を聞いていたらしく、

「お佐紀ちゃんは、待ってんだよな。最高の男が現れるのを」

と、しゃがれ声で言った。

「え、そんなことないですよ」

「いや、つまんねえ男といっしょになるくれえなら、瓦版の記事書いていたほうがおもしろいだろうさ」

「そりゃあ、まあ」

「それに、お佐紀ちゃんの好みがわかってきたよ」

おやじはぽんと、お佐紀の肩を叩いた。

「え……」

赤かったお佐紀の顔が、ますます赤くなって、

「やだあ、酔ってきちゃった」

と、頬に手を当てた。

大滝のほうは、ひたすら食いつづけている。

その食いっぷりを見ていて、

――このところ、やよいに冷たくしすぎているから、たまには寿司でも買って行ってやるか……。

と思いつき、

「おいらに、まぐろとコハダを包んでくれるかい」

と頼んだ。

「おや」

と、お佐紀の目が輝いたとき、腰高障子を開けて文治がもどってきた。

すぐに目が合い、文治は竜之助のほうに来た。上がり框《かまち》のところに腰を下ろす。

「どうした？　顔色が悪いぞ」

「ちっと疲れちまって……」

「疲れたとはめずらしいな」

「ふう……」

ため息をついた。

「文治、ちっと外に出よう」

竜之助は軽い調子で言い、がっちりした背中を押すようにして文治を外に連れ出した。

ここらは旅籠町といわれるように、旅籠が軒を並べている。いったん旅籠にわらじを脱いだ旅人が、江戸の夜を楽しもうというのか、どこかくだけた格好でぞろ歩いたりしている。

すこし冷たい風が出ているが、酔ったあとにはこれが気持ちがいい。

「どうしたい？」

と、竜之助は目を合わさないようにして訊いた。

「いえ、なんでもねえんで」

「では、十手はどうした？」

顎で腰のあたりを示した。

「………」

「見当たらねえぞ」

「やっぱりわかっちまいますか。じつは……盗まれたみたいで」

「なんだとぉ」

思わず声を殺した。

一大事である。

武士ならば切腹騒ぎにもなりかねない事態である。

だが、ぼんやりしたヤツならともかく、文治が十手を盗まれるなんて信じられない。

「ほんとに盗まれたのか？」

「ええ」

「落としたんじゃねえのか？」

「むしろ、落とすわけありませんよ」

「盗《と》られた場所の見当はつくのかい？」

「一通り回ってきたんですが、ありませんでした」

「もういっぺん、行ってみようじゃねえか」

落胆する文治の尻を叩くように、夜道を歩き出した。

「今日は昼飯を食ったあと、鍛冶町《かじちょう》の湯屋で一っ風呂浴びて、しばらく二階でいろいろ話を聞いてました」

「湯屋の二階はあぶねえな」

湯屋の二階というのは、多くが休息の場になっている。垢を落としてさっぱりした身体で、うわさ話に興じたり、囲碁将棋を楽しんでいたりする。竜之助もこの前はじめて湯屋の二階に上がったのだが、こんな気楽な場所なら一日中いたいものだと思った。それだけに油断も生まれ、大事なものを盗まれたりするのではないか。

「ええ。でも、そのときはあったんです。そのあと、鍋町《なべちょう》の床屋に入って、頭をやってもらったんですが、このときは腰に差したままで、とくに注意してませんでした。それから、鍋町の通りで、ちょっとした喧嘩が始まりましてね。あっしは、頭が終わっていないのに床屋を飛び出し、喧嘩をしてた奴らを怒鳴りつけました」

「ざんばら髪だろ。そりゃあ見たかったたねえ」

「そのときも十手をちらりとかざして、おどかしたような気も……」

「それをちゃんと腰に差したかい？」

「そこが覚えてねえんで。ときおり、背中にそっと差すときもありますからね」

「あるねえ」

と、竜之助はうなずいた。文治が十手を後ろに軽く差しているのは何度も見かけている。

「喧嘩はすぐにおさまったので、床屋にもどろうとしたら、顔なじみの新内流しとばったり会いまして、旦那おひさしぶりと」

「文治もいい女には弱いからな」

「それで、新内流しの姐《ねえ》さんとしゃべりながら、ほとんど立ったまま髷《まげ》を結ってもらい、それからその姐さんと、駿河台《するがだい》をくだってきたところにある佐柄木《さえき》町《ちよう》に行きました」

「おいおい、まさか昼間っから？」

「旦那。いくらあっしでも、それくらいは我慢しますよ。それで、家まで送り、あばよと帰ろうとしたとき、腰に差したものがなくなっていたのに気づきました」

「なるほど。鍛冶町の湯屋の二階から、佐柄木町の新内流しの姐さんの家。そのあいだになくなったんだな」

「はい」

元気なくうなずいた。

「その十手に、なにか目印のようなものはあるのかい？」

「あります。握りのところに、〈文〉の一文字が刻んであります」

「そうか。まず、町方の十手をてめえのものにしようという不届き者は、あんまりはいねえだろうけど、下手なところに届けられると困るな」

文治は町人である。切腹はありえないが、十手を召し上げられることは確実だろう。

「覚悟はしてますが。油断していたあっしが情けなくて」

「油断はしていたのだろうが、なにより、あんたが気づかなかったくらいだから、怪しい気配はまるでなかったんだろうさ」

「ああ、そうかもしれません」

竜之助は、文治といっしょに佐柄木町から鍋町、鍛冶町と、文治が今日の午後に歩いた道をたどった。新内流しの姐さんの顔を見、鍋町の床屋のおやじと、鍛冶町の湯屋のおかみさんにも話を聞いた。

怪しい者はいなかった。

「あとは、届けてくるのを待つしかねえさ。おいらから、矢崎さまにはうまく言っておくよ」

とは言ったが、うまく説明できるか自信はない。文治は叱られるだろうが、ここは正直に言っておくしかないのではないか。

南町奉行所の定町廻り同心の周辺に届けば、騒ぎは押さえ込むことができるはずである。

文治とは、〈すし文〉まで行かず、鍛冶町の湯屋の前で別れた。

頼んでおいた寿司の包みのことは、すっかり忘れていた。

八丁堀にもどってくると、ずいぶん腹が減っているのに気づいた。酒を飲んでいたので、寿司はあまり食べておらず、そろそろ腹をいっぱいにしようかと思ったところに、文治がやってきたのだった。

——そういえば、寿司の包みを頼んでおいたっけ。

といって、いまさらあんなところまでもどる気はしない。

竜之助の役宅の前まできたら、やよいがなにかやっている。門のわきに背丈ほどの椿の木があるが、その陰になにげないようすで佇《たたず》んでいたのだ。いくらようすはなにげなくても、いま時分、こんなところには佇まない。

「なにしてるのだ？」

「はい。見張っていたところでした」

「見張るって、誰を？」

「それは曲者《くせもの》に決まっていますよ」

「なにも感じねえがな」

一通り周囲を見渡して、竜之助はそう言った。

「犬を飼いましょうか？」

「別にかまわねえけど……」

竜之助は犬が大好きである。とくに道端で仔犬を見かけたりすると、頭を撫《な》でたりせずにはいられない。

「だが、なんでだい？」

「どんなに耳を鍛えても、犬には勝てませんから」

「ふん。犬にな。そんなに、耳を鍛えてどうするんでえ？」

「敵の襲撃を防げますでしょう」

と、やよいは真面目な顔で言った。

庭に、小枝がいっぱい落ちている。

「これもそういうことかい？」

忍んできたとき、小枝を踏めば、ぽきぽきと音がする。

「もちろんです。これに、落とし穴も掘ろうかと」

「おい。同僚が来たら、落っこちたりするぜ。やめてくれよ」

「では、落とし穴はやめます」

「気にしすぎだ」

「あ、竜之助さま」

「む」

「見て。月が」

西の空を指差した。

「いい月だな」

秋の澄んだ空気は夜空でもわかるほどで、空がうっすら青みがかっている。月は白くやさしげで、ほんのすこし削ったように欠けていた。

「ねえ」

と、やよいはうっとりと月を仰いでいる。

そんなやよいを見ていたら、お佐紀を思い出した。なんだか、お佐紀を見ていると、やよいを思い出し、やよいを見ていると、お佐紀を思い出すようだ。

――どうなっているのだ。

竜之助は、自分の気持ちの正体がよくわからない。

家のなかに入った。

ふと玄関のわきを見ると、寿司の包みが届いている。

「これは？」

「はい。さきほど、大滝さま——といっても、大滝さまはだいぶ酔っておいででしたが、もうおひとかた、お佐紀さんとおっしゃる、とってもきれいな若い女の方が届けてくださいました」

「ああ、そうだったかい」

ちょうど腹が減っているところだった。やよいにと思って包んでもらったものだが、自分が食べることにした。

「あの、お佐紀さんという人、すこし変わってますね」

と、やよいが言った。

「え？」

「独り身とおっしゃったのに、とかなんとか、ぶつぶつ言ってましたが」

「あ、誤解したのか」

「誤解？」

「あんたが家にいるから」

「わたしが若さまの奥方だと。ぷっ」

やよいはすこし頬を染めて、口に手を当てた。

「笑いごとじゃねえだろ。それで、やよい、ちゃんと自分はちがうって言ったんだろうな」

「それが、竜之助さま、言おうと思ったら、なぜか急に口がしびれたようになって」

「……………」

二

びゅうっ。

と、北風が吹いた。

「ううっ、寒い」

竜之助は思わず口にした。子どものころ、武士は暑い寒いを口にしてはいけないのだと、奥女中から叱られたことがある。

「なぜだ」と訊いてもろくな返事はもらえなかった。いまにしてみれば、要は我慢強くあれということだろう。あのころ、やよいはおらず、奥女中たちは誰彼なく皆、真っ白い顔をして、恐ろしい存在だった。それにしても寒いものは寒い。秋の嵐ではなく、冬の北風である。まだ早いはずだが、今日は朝からそんな風が吹いている。「もう一枚、着込んでいかれては？」と、やよいが言うのを、意気がって薄着で出た。やっぱり寒い。

もどっても、出勤に間に合わないことはないが、やよいから「ほら、やっぱり」などと言われるのが癪《しゃく》で、寒いまま歩いた。我慢というより痩せ我慢である。

八丁堀を出たところで――。

「あ、ちと、ちと……」

と、妙な坊主が寄ってきた。目尻が下がって、一見、やさしげだが、その目で嫌な上目使いをする。坊主の目つきではない。三本足のこたつや雑草を刻んだ煙草を売りつけたりする場末の商人の目である。

暖かそうな作務衣《さむえ》を着て、しかも綿入れをはおっている。坊主のくせに、厚着など許されるのか――と、竜之助は内心、むっとする。

寄付でも強要されるのかと、思わず逃げようとしたが、

「同心や岡っ引きに文のつく人はおられるか？」

と、無視できないことを言った。

「文……いるが」

「ひそかにお会いしたいのだが、お引き合わせくださらぬか？」

文治の十手には「文」の一文字が彫られてあると言っていた。

「それは十手のことですかな？」

と、竜之助は声を低めて訊いた。まわりを、やはり出勤途中の与力や同心たちが通り過ぎる。

「はい。当寺に十手が落ちていたのでな」

「よかった。誰にも話していないでしょうな」

「言うわけがない。困っておられるだろう？」

「それはもちろん」

「そりゃそうでしょうな。十手だもの。盗られたり、落としたりするもんじゃないもの」

話が長くなりそうなので、

「かたじけない。いまから奉行所に行かねばならないので、昼ごろにはおうかがいします。どちらのお寺で？」

と、早口で訊いた。

「本郷にある大海寺《たいかいじ》じゃ。わしは雲海《うんかい》というが、あのあたりでわしの名を言えば、誰でもわかる」

「承知しました」

竜之助はホッとした。これで、矢崎にも文治の失敗を告げなくて済む。寒いのも忘れて奉行所に向かった。

ここらで訊けば、誰でもわかると言われたが、なかなかわからなかった。寺の名も言ったし、雲海の名も出した。

それでも、誰もわからない。

ただ、漬物屋の店番をしていた婆さんが、

「もしかしたら、ぺらっちょ坊主のことかな」

と、顔をしかめた。

「ぺらっちょ坊主？」

「ああ。ぺらぺらと、まあ、口だけはよく回るのだが、徳をまるで感じない坊さまさ」

竜之助は、「徳をまるで感じない」というところで、今朝の坊さまだと思った。あの目つき。あの口調。もしかしたら、多額の礼金でもねだられるのかもしれない。

「その寺は？」

「この坂道をすこし下りて行くと、右手に大きな寺が並んでおるわさ。その、大きな寺に挟まれるようにあるのが、大海寺さ。名前は大げさだが、なあに目を細くして見ないと、わからねえような寺ですよ」

「ありがとよ」

軽く片手をあげ、そちらに向かった。

竜之助は一人である。文治には、小者を使いにやって、無事見つかったことを知らせ、昼ごろに本郷の大海寺に来いと伝えてある。

「あ、ここか」

なるほど小さな寺である。扁額《へんがく》には小心山大海寺とある。下の寺の名は雄大だが、山号のほうはやけに小さい印象である。とってつけたような寺の名だな、と竜之助は思った。

ただ、入り口は狭いが、奥にいくほど末広がりに広がっているようすである。

境内に入ると、話し声が聞こえてきた。

本堂の右手で、雲海が説法をしていた。いや、最初は説法だとわからなかった。

「ねえ、ねえ、和尚さまぁ」

「なんじゃ、おかねちゃん」

と、一人でしゃべっているのだ。

「あたしね、悪いことしちゃったの」

両手を頰に当て、首をすこし曲げて、娘のようなしぐさをする。

「そりゃあ、ばちが当たるぞ」

「ばちが当たる前に、はちに刺されちゃった」

くだらぬ洒落《しゃれ》だが、聞いていた七、八人の信者から笑い声が上がった。

説法というより、寄席の落語である。

ふと、背中を突く者がいる。

――ん？

振り向くと、小さな坊さまがいた。

「奉行所の方ですよね。十手を取りに来られたんですよね」

「ああ、そうだよ」

「どうぞ、こちらにおいでください」

本堂のわきの、小さな部屋に通された。

雲海の説法が見え、笑い声が何度も上がる。

小坊主がお茶を持ってきた。

「話がうまいな、和尚は」

「はい。おしゃべりが好きなんです。人前で説教を垂れるのが大好きなんです。だから、皆にぺらっちょ坊主などと綽名《あだな》をつけられているんです」

「むふっ」

茶をむせた。自分たちも知っているらしい。

「名僧に憧れてるんですが、なかなか厳しいみたいです」

「名僧にな」

こまっしゃくれた小坊主である。だが、あまりにも小さいし、顔がかわいらしいので、憎々しさは感じない。

「だいたいうちの和尚さまは、この道に入った動機が悪かったです」

「そうなのかい？」

「はい。あのですね、死ぬほど惚《ほ》れた女がいまして、それに三人、立て続けにふられたんです。死ぬほど好きな女が三人もいたというのが不思議ですが、また、立て続けにふられるというのも凄いですよね」

「凄いな」

「それくらいだから、死のうと思ったんだそうです。何度も川の縁に立ったそうです。でも、やっぱり死ぬのは嫌だと、坊主になってしまいました」

「和尚はいくつだい？」

「いくつに見えますか？」

逆に訊かれた。

「四十四、五かな」

「残念でした。老けて見えますが、ほんとは三十五なんです」

「へえ。若いんだな。この寺の住職だろ」

「はい。口が達者ですから、寺をまかされるのも早かったみたいです。でも、和尚さまは、悪い人じゃありませんよ。人並みに欲はありますが、程度をわきまえようという気持ちはありますし」

「ほう。そうかい」

「十手を見つけたことでも、別に礼金をいただこうなんてことは考えていませんよ」

「それは、それは」

正直、ほっとした。

「基本は人がいいので、だまされたりします」

竜之助は笑いをこらえた。雲海も口がうまいが、こっちの小坊主のほうがそれを上回るかもしれない。この寺では、和尚と小坊主とで、毎日、ぺらっちょぺらっちょやっているのだろうか。

「あんたは、名前はなんていうんだい？」

「狆海《ちんかい》といいます。狆は犬の狆です」

と、急に情けない顔になった。

狆という犬は、お城で人気がある。大奥では何匹も飼われているそうで、田安の屋敷にも一匹いた。つぶれたような顔で、目が丸く独特の愛嬌がある。この小坊主とよく似ている。

「かわいい名前だ」

「かわいい名より、重みのある名が欲しかったのですが」

「狆海さんは歳はいくつだい？」

「もう九つになってしまいましたよ」

「もう九つかい」

と、竜之助も、狆海に合わせた。

「時が経つのは速いですからね」

「そうだな」

竜之助はどういう顔をしていいかわからない。

庭で拍手の音が高くなった。説法が終わったらしい。

どよめきの中を、雲海がもどってきた。

この寒いのに、汗びっしょりである。当人も相当、気を入れてやってきたのだろう。

「たいした人気ですな」

竜之助が声をかけると、

「なあに。団十郎には勝てまいさ」

と、雲海は言った。

「団十郎って、歌舞伎の？」

「そう、成田屋だよ」

役者に勝ってどうすると、竜之助は思う。

「おう、そうそう、十手ですな。狆海、持ってまいれ」

「はあい」

狆海は奥に引っ込み、すぐにもどってきた。

ちゃんと紫色の袱紗《ふくさ》に包んだ十手を竜之助の前に置いた。

手に取って、〈文〉の文字をたしかめる。

「まちがいないです」

「それはよかった」

何度もうなずくが、本当に礼金をねだるようすはない。

「ところで、なぜ、ここにあったのでしょう？　当人は、神田の鍛冶町から佐柄木町へ行くあいだに盗られたと申しておりましたが」

「さあて、それは拙僧にはわからんな」

雲海は首をかしげた。嘘を言っているふうには見えない。

「どんなふうにあったのでしょう？」

「見つけたのは、この狆海でしてな。狆海、教えてさしあげよ」

「はい、本堂の中に落ちていたんです」

「どこかな」

と、竜之助は立ち上がった。

狆海のあとから本堂に入った。

小さなお堂で、正面にいくつか仏像があり、狆海はなにもない隅のほうに来て、

「ここに落ちていたんです」

「ここにねえ」

なんか妙なところである。わざわざ座る場所だろうか。とくに陽当たりがよさそうにも見えない。

「ここは誰かよく座るところかい？」

「いいえ、滅多に」

竜之助が目を凝《こ》らすと、隅のほうにいくつかなにかの破片があった。

「これはなにかな？」

陶器の破片のようなものである。

狆海の顔を見ると困ったような顔をする。

和尚も離れてこちらを見ているが、わざと表情を消したような、しらばくれた感じがする。

なにか隠していることがありそうなのだ。

「和尚さん」

と、竜之助は呼んだ。

「なんじゃい」

「わたしどもは町方で、お寺のことに口出しするのは難しいが、できないわけではないのです。もうすこし、本当のことを、お話しくださらぬか」

「だから、もっときれいに掃除をしておけと言ったのに……」

と、狆海を怨《うら》みがましい目で見たあと、

「じつはここに阿弥陀仏があったのですが、それが割られていまして……」

「十手は、仏像を叩き割る道具に使われていたのですか」

これには竜之助も驚いた。

「そういうことになるだろうな」

「だが、仏像というのは、そんなに簡単に割れるものなのですか？」

「割れたのだから仕方あるまいて」

「その割れたものを見せてもらえませぬか」

「狆海。もう捨てたよな」

「いえ。まだ、裏に置いてますが」

と、かわいい顔で答えた。

「早く砕いて捨てろと言わなかったっけ？」

「ええ」

狆海はけろりとしてうなずいた。

案内してもらい、裏手に回った。やけに混雑したような墓地である。墓石が密集していて、墓石が祭りをしているようにも見える。

その墓地の隅に、ほぼ二つに割れた仏像が置いてあった。仏のお顔がひっくり返っているのが、無残というよりも、なんだか滑稽《こっけい》に見えた。

竜之助はしゃがんで、仏像の破片を見た。粉々にされたわけではない。腹のへそがあるあたりを中心に割れているが、細かくなっているのは腹だけで、あとはずいぶんかたちを保っている。表面は青銅色だが、裏は赤茶色である。つまり、青銅の色は彩色されたのである。

おそらく、腹のあたりを強く叩かれ、それで割れたあとはなにもしていないのではないか。それにしても、銅像のはずの仏像が、なんと素焼きの贋物だったのには、竜之助も驚いた。

「これは贋物ですか？」

と、竜之助は雲海に訊いた。

「はい。本物の仏像は盗まれたかして、かわりに贋物を置いていったのでは？」

「贋物？」

「いや、そんなことはない」

雲海はムッとして答えた。

「だが、素焼きの仏像というのは？」

「ああ、それはたしか、檀家の誰かが寄進してくれたもの……」

雲海がそう言うと、わきから狆海が、

「いいえ。それは和尚さまが直々に注文なさったもので」

「これ、狆海、きさま……」

なにか、二人でこそこそ話がはじまった。

と、そこへ――。

「申し訳ありません。出かけていて、伝言を聞くのが遅くなりまして」

と、岡っ引きの文治が駆け込んできた。

「よう、文治。あったぜ」

と、竜之助は十手を文治に渡した。

「ああ、よかった」

文治は思わず、いちばん手前にあった墓石のところに、へなへなと寄りかかった。

「いやあ、ホッとしました。面目もございません」

大海寺を出て、歩き出すとすぐに、また文治が詫《わ》びた。

「そんなに恐縮するなよ」

「ただ、ちらっと思ったのですが、さっきの小坊主」

「ああ、狆海というらしいよ」

「どっかで見たかなあと思ったんですが」

「かわいらしい小坊主だから、一目見たら忘れないかもしれねえな」

「いや、このあいだ、鍋町の喧嘩を仲裁したとき、あの小坊主が近くにいたような……」

竜之助はなるほどと思った。

あの小坊主なら、そばに寄っても、誰も警戒はしないだろう。では、狆海が十手を盗んだ？　盗んだ十手を翌朝に返した？

十手は仏像を割るのに使われていた。それを狆海がやったとは思えないし、万が一そうであればそもそも届け出ないだろう。

「それにしても、わからん話だな」

「なにがですかい？」

「仏像を叩いて割ったというのも奇妙な話なんだが、なんで十手でなくちゃならねえんだい？　それも、そこに置きっぱなしになっていたというんだから、その仏像を割るためだけに、文治親分の……」

「旦那。親分はご勘弁を。まして、失敗のあとに」

「そのためだけに、文治の十手を盗んだことになる」

「そうですよね。おまけに、仏像が割れたんでしょ。割れますかね、仏像が？」

と、文治も首をかしげた。仏像が素焼きだったことは教えていない。

「まあ、それは……」

竜之助はそっちはなんとなく、わかる気がする。

あの二人のようすを見ると、雲海和尚は名僧をめざすわりにはいくらかみみっちいところがあって、安上がりの像を買ってしまったのではないか。

「とにかく、あのあたりのほかの寺も一度、探ってみたほうがいいかもしれんな」

と、竜之助は言った。

三

翌日――。

「多額の寄付ねえ」

と、目の前にある紙を見ながら、竜之助は唸《うな》った。

紙は瓦版である。さっき文治が奉行所まで届けてくれた。

岡っ引きは、原則、奉行所には出入りできないのだが、奉行の小栗の方針で、そんな悠長なことでは事件にすばやく対応できないというので、出入りが許されつつある。当初、反対する者もいたが、このところ、次第にその方針が広まりつつあった。

「金塊が盗まれたとは、ただごとではねえな」

記事の中身はこうである。

駒込の本渓寺から、新しい仏像に貼るための金塊を運んだが、その途中か、あるいは運ばれた鋳物屋の店先で、忽然《こつぜん》と消えてしまった。まわりには、護衛の武士や僧侶たちが大勢いたにもかかわらずである。

このため、仏像に貼る金がなくなってしまい、もう一度、檀家の人たちに寄付をつのることになるかもしれない。それで、檀家では、この前、集めたばかりなのにと、不平が続出しているというのだ。

「それにしても、お佐紀もよくこんな大きな話を書きましたよ。あいつ、かわいい顔をして、大胆な女ですねえ」

と、文治が言った。

たしかに、きわどい話である。江戸でも有数の大きな寺の醜聞《しゅうぶん》であり、この先、お佐紀にはおかしな圧力がかけられるかもしれない。

「だが、運ぶ途中か店先で消えたというのは、どういうことだろう？」

「ええ。その記事のおかげで、町中で話題沸騰。いま、いちばんささやかれている説は、本渓寺の月眞僧正の徳をやっかんで、比叡山《ひえいざん》の天狗がかっさらっていったものだというものです」

竜之助は大海寺の雲海の顔を思い出しながらつぶやいた。

「徳をな」

「どうしたってそれが出ますからね」

と、文治は勿体《もったい》ぶった口調で言った。

「比叡山の天狗が、こんなところまで来るもんか。それより、この事件、奉行所であつかうのかね」

竜之助がそう言った矢先である。

「福川、ちょっと来い」

と、矢崎に呼ばれ、行ったところにもその瓦版が広げられていた。

矢崎、竜之助、文治、それに奉行所の中間《ちゆうげん》を一人連れて、まずは駒込の本渓寺に向かった。途中、本郷台の通りを歩いたので、大海寺に下りていく道の前も通った。狆海の顔を思い出し、思わず微笑《ほほえ》んでしまうと、

「福川。なに、にやついてるんでえ。今日、これから会う坊さまは、江戸でも指折りの名僧との評判が高いお人だからな。女のことなんか考えながら会うと、顔を見られただけで、ばちが当たるぜ」

嫌みを言われた。

「ここだ、ここだ」

本渓寺の前に立った。

なるほど大きな寺である。

「八百屋お七の吉祥寺《きちじょうじ》がそっちにありますが、そこよりでっかいんじゃないですかね」

と、文治が言った。見ると、差した十手には細い紐がつけられ、そちらも帯につないである。よくよく懲《こ》りたらしいが、紐を切られるということもあるのではないか。

先に使いを出していたので、月眞僧正にはすぐに会えた。

徳のある僧というのは、こういうお方なのか——と、竜之助は驚いた。いかにも穏やかそうである。静かな笑顔を浮かべ、なにを訊いても、嫌な顔ひとつしない。

着ている着物や袈裟も粗末なものである。ところどころにツギを当てているのもわかる。大海寺の雲海のほうが、よほどいいものを着ていた。

「盗まれたのは、本当です。まちがいございません。瓦版を書いたお人は、ずいぶんよく調べられたみたいで、ほとんどあの通りでございます」

月眞僧正は、かんたんに認めた。ふつう、こうしたことはなかなか認めたがらないのだが、こういうところもこの坊さまの徳なのか。

竜之助は、矢崎の後ろで話を手帖に記しながら、そう思った。

「盗まれたのは、ここではなかったのですな？」

と、矢崎が月眞僧正に訊いた。

「金塊がここを出るまであったことはまちがいありませんよ。なぜなら、拙僧だけでなく、寺社方のお武家が二人、人足が四人、加えてうちの僧二人が確認しております。確認を終えてから、ここを出発していきました」

なるほど、なくなりようがない。

月眞僧正には、これ以上うかがうこともないので、あとはいっしょに付き添った という僧二人と、寺社方の二人の武士に話を訊いた。

「途中は、なにもなかったのですかい？」

という矢崎の問いに、四人は口をそろえて、

「まったくなにごともなかった」

そう証言した。

「あの日は雨もなく、風も爽やかで、道のりは楽なものだった。この前の道をまっすぐ本郷へ向かい、加賀殿の先を左に曲がった。鋳物屋は、その坂を下りきった湯島切通町《きりどおしちょう》にあり、すぐに着いた。誰も話しかけてきた者もいなければ、途中、一度も休むこともなかったし、立ち止まることさえなかった」

「そうです。運んだ長持はすぐに鋳物屋のなかに運び入れた。それから、わしらは金を貼り付けるという大きな仏を拝ませてもらった。だが、そのときだって、長持はすぐそばにあったのだ」

「それで、いざ、運んできた金塊をたしかめましょうと、長持を開けてみました。すると、驚いたことに金塊だったものが、銅の塊に変わっていたのです」

　金塊を運んだ連中は、いまだに狐につままれたような顔をしている。

「金というのは、重いのでしょう？」

　と、矢崎が訊いた。

「重いです。鉄よりも重いでしょう。ですから、あんな重いものをすばやく盗って、駆け出して逃げるなどということは、絶対に無理です」

　と、僧侶の一人が言った。

　この四人と連れ立って、矢崎、竜之助、文治、中間の総勢、八人で湯島切通町にある鋳物屋に行った。

ここは、大きな鋳物屋で、間口が大きいばかりか、奥行きもかなりある。

当の仏像は、奥のほうに安置されていた。

「これに金を貼り付けることになっていました」

鋳物屋のあるじはまだ四十前に見える男で、大事が起きてしまったことにいくばくかの責任を感じているのか、すっかり肩をすぼめて言った。

「長持はここに置きました」

仏像のすぐわきである。

ここなら、仏像のほうを向いていたとしても、怪しい動きくらいは察知できる。こんなに大勢の人間がいるところで、なにができるというのか。

竜之助は矢崎がこまかいことを訊いているあいだ、このあたりの土間を軽く蹴り、音をたしかめた。

もしかして、土間の地下に上下できる床がつくられてあるかもしれない。観たことはないが、歌舞伎の舞台には、そうした仕掛けがあると聞いたことがあった。

だが、どこを叩いても、異常な音はしなかった。

「あのう」

　と、竜之助は口をはさんだ。

「金塊が化けた銅というのは？」

「あ、それです」

　と、鋳物屋のあるじが指差した。

「持ち上げさせてもらってもよろしいですか？」

「あ、どうぞ」

「む。これはたしかに重い」

　とは言ったが、僧侶ならともかく、竜之助のように鍛えた男なら、これをひっかついで逃げることもできなくはない。

　ただ、やはり速くは走れない。

　しかも、盗るだけでは駄目で、金塊を銅と入れ替えなければならない。

　とすると、途中ですばやく強奪するというのは難しいだろう。

　竜之助のあとに、矢崎も重さをたしかめ、

「ううむ。これは本当に天狗のしわざかもしれんな」

　と、呻《うめ》くように言った。

矢崎だけでなく、ほかの者も皆、心底、不思議がっているふうである。首をかしげている連中をよそに、竜之助は鋳物屋の仕事場全体を見てまわった。

「仏像というのは、皆、銅でできてるのかね?」

と、仕事場の隅で、こつこつと仕事をしていた六十くらいの職人に訊いた。

「そんなことはありません。銅といっても錫《すず》を混ぜた青銅ですが、ほかにも粘土でつくるものもあれば、漆でつくるもの、もちろん木を彫ってつくる仏像もあります。まがいものになると、焼き物もあると聞きました」

「ああ、まがいものか」

大海寺の割れた仏像などは、まがいもののなかでも、獄門に匹敵するくらいのまがいもの野郎だろう。

もしかしたら、大海寺で起きた十手による仏像破壊は、まがいものを懲らしめる意味でおこなわれたことで、誰かが文治の十手を借り、あの仏像を割ってみせたのか。

いや、まがいものだと教えたいなら、ただ割るだけでいい。わざわざ十手を使ったというのは、別の意味があるのだ……。

そう思いながら作業のようすを見ていると、疑問がわいた。

「金物というのは、どれも溶けるのかね？」

「ええ。あんなに硬いから溶けるのが不思議な気がしますが、どれも溶けるんです」

と、老いた職人は答えた。

「金は？」

「もちろん、溶けます。鉄なんかよりはだいぶ速く溶けますよ。金、銀、銅などは同じくらいですが」

「ほう」

竜之助は、溶けた金の姿をぼんやり思い浮かべていたが、ふと、

──溶かした金塊を、そこらにある仏像の裏側に流し込むと……。

そんな考えが浮かんだ。

そのとき、

「帰るぞ、福川」

と、矢崎が言った。

「はい」

皆も帰るらしく、一人でとどまるのもどうかと思い、あとを追った。

本渓寺側の四人とは、鋳物屋を出たすぐのところで別れ、それぞれ考えごとをしながら神田明神のほうへ歩いた。

明神下まできて、

「どうだ。甘酒でも飲んでくか」

「いいですね」

竜之助はうなずいた。神田明神の前に、うまい甘酒屋があるというのは聞いていた。この手の江戸の噂にはずいぶん耳を傾けてきたので、よく知っていたりする。最近は、耳学問で知っていた店に、実際に足を運ぶことができるのが、嬉しくてたまらない。

中間も隅に腰かけ、四人で甘酒を飲む。

「上もいちおう寺社方からも話は聞いてるはずなんだよ。面倒な話ってえのはわかっているはずなんだ。それをわざわざこっちに振って寄こすなんざ、意地が悪いぜ」

と、矢崎がこぼした。

「まったく、雲をつかむような話でしたね」

と、文治もうなずいた。

「もしかしたら、上の連中は福川におっつけたかったんじゃねえのか。かんたんな事件を二つほど解いて、調子に乗らせちゃいけねえとさ」

そう言って、矢崎は竜之助を見た。

竜之助はなにも言わずに、出された甘酒をうまそうにすすっている。ほどのいい甘さで、米の味もいい。しかも、この店の前がゆるい坂道になっていて、湯島の聖堂の森が眺められる。この景色のよさも、味を引き立てているにちがいない。

「天狗を追っかける方法を、上から教えてもらってからだな」

と、矢崎は立ち上がった。

文治や中間もあわてて茶碗を置いたが、竜之助だけは座ったまま、

「矢崎さん。いまの鋳物屋を、もうすこし探らせてもらえませんか」

と、遠慮しながら訊いた。

竜之助は、さっきの鋳物屋のところまで、もう一度もどってきた。ただし、その前に、向かいの瀬戸物屋でいくつか訊いてみたいことがあった。傍目八目《おかめはちもく》で意

外なことが見えていたりするような気がする。ここも大きな瀬戸物屋で、もしかしたら仏像の瀬戸焼きもここで売っているのかと眺めたが、それはないようだった。

店の前に出ていた手代は、いつも鼻唄でもうたっていそうな、機嫌のいい顔をしている。こういう御仁はきっとなんでも話してくれるにちがいない。

「近頃、前の鋳物屋で、なんか騒ぎがなかったかい？」

「ああ。ありましたよ。半月ほど前でしたかね。なにかものがなくなったのか、大騒ぎになったことがありましたよ」

「へえ」

半月ほど前なら、金塊が消えた事件だろう。

竜之助がそう思ったのを察知したのか、機嫌のよさそうな手代は先回りをした。

「瓦版で騒いでいる金塊の話じゃないですぜ」

「ちがうのかい？」

「そっちは旦那たちが調べていること以上はなかなかわかりません。あっしが言うのはその前の日」

「前の日？」

「ええ。鋳物屋では、その前の日にも騒ぎがあったんです」

「なにがあったんだ？」

「誰かまちがえて仏像を運んだらしくて、一騒ぎありました。まちがえた男を、ものすごい剣幕で怒ってましたよ」

「あの、あるじがかい？」

と、竜之助は訊いた。あるじは温厚そうな男だったからである。

「いや、親方じゃなくて、職人でしたよ。なんか変な騒ぎで、あっしは翌日の騒動ともなにか関わりがあるのかと思いましたよ」

「ふうむ」

それは初耳である。この手代、目のつけどころがいい。意外に鋭いのかもしれない。

「いい話だった。ありがとよ」

礼を言って道を渡ろうとすると、

「旦那。天狗が一泊したんですかね？」

と、訊いた。

「天狗？　泊まった？」

竜之助は訊き返した。

「ええ。金を銅に変えるなんざ天狗じゃなきゃできませんでしょ。次の日の稽古にわざと仏像を一つ隠したんじゃ？」

「ううむ。どうかねえ」

やはり、鋭いかもしれないというのは撤回したい。

鋳物屋に行くと、さっきのあるじは、おやという顔をした。もどってくるとは思わなかったのだろう。だが、怯《おび》えたようすはない。

「ちっと、さっきは訊き忘れたんだが、金塊がなくなった前の日に、仏像をまちがえて運んだんだってな？」

「ああ、ありました」

「くわしく聞かせてくれねえかい？」

「いまは、薪拾いに行ってますが、草太《そうた》という男で、以前、卒中を起こしたことがあり、ちょっとぼんやりしちまうんです。それで、運ぶべき仏像をまちがえて運んだのですが、そればかりか、帰りにまた、軽い卒中でも起こしたのか、どこに届けたか忘れちまったみたいなんです……」

ちょうどその話をしているとき、

「あ、草太が帰ってきました」

卒中を起こしたというから老人だと思ったら、まだ若い。下手をしたら竜之助と似たような歳ではないのか。

だが、ぼんやりしているのは明らかで、集めてきた薪や木っ端《こぱ》を仕事場の隅に置くと、何もしようとせず突っ立っている。

「首にするのはかわいそうなんで、かんたんな仕事をやらせてますので」

そのほうが、当人にもまわりにもありがたいだろう。

竜之助は、ぼんやりした草太を見ながら、

「だが、運ばれたほうだって、頼みもしない仏像がきたらわかるだろう？」

と、あるじに訊いた。

「ふつうはそう思いますよね」

と、あるじは苦笑いをした。

「わかんねえのか？」

「草太は、新しいのを持っていき、似たようなものを持って帰ってきましてね」

「そりゃあ、また、気の利いたことをしたもんだな」

「ま、でも、そのうちわかりますよ。ちっとボーッとした坊さまでも、面と向かってお経をあげれば、ちがうことくらいは気づくでしょうから。そうしたら、うちに何か言ってきます。江戸の北方の寺にある仏さまは、ほとんどがうちのつくったものですから」

「それとさ、まちがえたことを誰かがひどく怒ったという話を聞いたぜ」

「ああ、作蔵《さくぞう》ですね。自分がつくった仏像を持っていかれたんで、腹が立ったんでしょう。ふだんは怒るやつじゃないんですが」

「その作蔵ってのは？」

「あいつです」

と、いちばん奥で仕事をしている男を指差した。

おとなしそうな男である。

とても、頭がぼんやりした男を怒鳴りつけるような男には見えない。

「ちっと話を訊いてもいいかね」

「あ、どうぞ。おい、作蔵」

と、あるじが声をかけた。

「いいよ、おいらがそっちに行く」

と、竜之助は自分で作蔵のそばに行き、

「仕事をつづけてくんな」

そう言って、わきに座った。

高さ二尺ほどのこぶりな仏像をつくっている。大方はできあがっていて、鋳造するときにできたでっぱりなどを削っているところらしい。その作業を見守った。眉が太く、目が小さい。その太い眉を汗が滴っていた。

几帳面で生真面目な性格だというのも、仕事ぶりでよくわかる。道具を一つ使うごとに、元の位置に置き、たえず自分のなすべきことを確認しながら作業している。

こういう男はしばしば見てきた。田安家にもいた。上の命令には、端で見ていて悲しくなるくらいに忠実で、本当に死ねと言われたら、ためらいなく死んでしまうのではないかと思ってしまう。

武士ならまだわからぬでもないが、職人にもこうした類の人間はいるのは不思議だった。

「金色の仏像もあるだろ」

「へえ」

「あれも同じようにつくるのかい？」

「金色仏と言ったって、全部、金でできてるわけじゃありません。金箔をはりつけてあるだけですよ」

「金箔をな」

銅の塊にも金箔を貼れば、金塊になるのではないか？　だが、あの寺に信者が寄進した分の金塊があったことはまちがいないのだ。

「金なんざ重いもんですもの。しかも、馬鹿高いですし」

竜之助はまた黙って作業を見ていたが、ふと、つぶやいた。

「金箔を貼りつけるだけか。まさか溶かして、仏像の裏に流しこんだりはしねえよな」

「………」

作蔵はなにも言わなかった。

顔色も変わったようには見えなかった。

ただ、目だけがぼんやり虚ろになっていた。

江戸市中だというのに、人通りはほとんどなかった。

大名屋敷が並んでいる。瓦を白いしっくいにはさみこんで、なまこのように見えている壁が、ずうっとつづいている。やけに長く見える。

そのあいだを、風がやよいの後ろから前方へ、堀を走る鉄砲水のように、凄い速さで吹き抜けていた。

やよいは、そっと後ろを振り向くが、誰もいない。

だが、つけられているのはまちがいない。風のなかに、それを感じるのだ。

北の丸を出て、お城から遠ざかりながら、大きく左回りに来た。紀伊《きい》さまの屋敷のわきの紀伊国坂あたりで尾行に気づいた。

そのため、今日は赤坂の溜池《ためいけ》のほとりで伝言を受けることになっていたのを中止し、もっと外回りの道に入った。

ここは、青山大膳《あおやまだいぜん》さまの屋敷のわき道である。八丁堀まではまだまだ歩かなければならない。

これでは竜之助さまの家まで帰ることはできない。竜之助さまの居場所が知られてしまうから。

いや、もうすでに、知られてしまったかもしれない。この気配には覚えがある。このあいだの夜に感じた気配といっしょだった。

だが、とりあえずいま、つけてくる者は撒《ま》かなければならない。

やよいは走り出した。

着物を着た女とは思えないくらいの速さだった。

すばやく振り向いた。

やはり、いた。武士の格好をした男が三人。走り方を見る分には、特殊な訓練をほどこされた者たちである。この自分のように——。

途中、塀のなかから道の上に大きくはみ出している松の木があった。

「えいっ」

やよいはこれに飛びついた。その勢いのまま、宙返りでもするように大きく回ると、身体をひねりながら手を放した。そのまま、かたわらの大名屋敷の庭へと消えた。

一刻（二時間）ほどのち——。

やよいは八丁堀の竜之助の家で、夕飯の給仕をしていた。竜之助の膳には、めざしが二匹と、きのこと厚揚げの煮付け、大根の味噌汁が載っている。

「つけられただと？」

凄い勢いで飯を頬張っていた竜之助は、顔を上げて訊いた。

「ええ。今日の追っ手はうまく撒いたと思いますが、すでにここは知られていると思ってまちがいないでしょう」

「だが、別に襲ってくるようすもないぞ」

出入りしていても、一度も殺気のようなものは感じたことがない。

「おそらく、同心をなさっている竜之助さまが、田安の若さまとは気づいていないのだと思います」

「何者なのだ?」

「わかりません。だが、じわじわと迫りつつあるのはたしかです。くれぐれもお気をつけてください」

「ふん」

竜之助は、興味なさそうにおかわりの茶碗を差し出した。

四

江戸の秋風に吹かれながら、岡っ引きの文治が二人の下っ引きとともに、聞き込みに歩き回った。

頼んだのは竜之助である。

「この半月のあいだに、知らない男が仏像を拝ませてくれときたことはないかと訊いてもらいてえのさ」

聞きまわるのは、江戸の北方の寺である。

これは数が多い。浅草、上野、谷中、駒込という寺町に、どれだけ寺があるか。

「福川の旦那。いってえ、なんのために？」

と、文治は訊いた。たしかに、こちらの狙いがわからなければ、うまく訊き出すこともできないだろう。

「おいらはさ、あの金塊を盗んだやつが、溶かしたうえで仏像のなかに流し込んだんじゃねえかと思うのさ」

「溶かして……」

文治は思ってもみなかったらしい。

「だが、その仏像がちょっとしたまちがいで、どこに行ったかわからなくなっちまったのさ。だから、下手人はあわてて、江戸の寺を探し歩いているはずなんだよ」

「なるほど」

こうして文治たちは探しまわったのだが、なにせ寺の数が多い。

四日ほどして——。

手がかりを得たのは、谷中の寺町だった。

「福川の旦那。いましたぜ」

「いたか」

「谷中の寺町です。あのあたりの寺をひとつずつ、仏像を拝ませてくれと言ってきたやつがいました」

「それだな」

「しかも、そいつは仏像を拝んだあと、よろけたふりをして、仏さまをすこし叩いたりしたそうです」

「叩く……」

「ええ、たしかに裏に流し込まれたら、ひっくり返さなきゃわからねえ。だが、仏像なんて重いものを、そうそうひっくり返すなんてことはできませんからね」

「音でわかるのか?」

「あっしも不安だったので、知り合いの鋳物師に訊いてみました。わかるそうです。年季の入った鋳物師なら、材質から厚さから、全部、わかるそうです」

大海寺の仏像も叩かれた。

あれも音を調べてのことだったのか？

「どんな男だ？」

「眉が太く、目が小さい。おとなしそうな男だったそうです」

作蔵だった。

――やはり、あいつが下手人なのか。

だが、どう考えても、それはありえないことだった。


翌日――。

竜之助はこの日非番に当たっていたので、いつもよりずいぶんゆっくり起き、これから朝飯を食おうというとき、

「旦那。大変です」

と、文治が飛び込んで来た。

「どうした？」

「あの、鋳物師の作蔵が、吾妻橋《あづまばし》から大川に身投げしやがった」

「なんだと」

「野郎、吾妻橋に荷車を引いてやってきたかと思ったら、その荷車から突き出すように、なにかを大川に叩き込んだと思ったら、その荷物とてめえの首を縛っていたみたいで、すぐに自分も大川に……」

「しまった」

下手人ではないとわかっていても、やはり昨日のうちに、奉行所にしょっぴいておけばよかったのだ。今日、もう一度、じっくり話を訊くつもりだった。誰が作蔵に金塊の細工を命じたのか？　いや、命じたのではないかもしれない。作蔵が自らその役目を買って出たのかもしれない……。

「死んだか？」

「すぐに橋番やら、通りすがりの者が騒いで、舟を出して引き上げたんですが、なんせ首を締められたようなものですから」

「まさか遺書があったんじゃねえだろうな」

竜之助は嫌な予感がした。

「ありました」

「やっぱりか。全部、自分が悪いってんだろ？」

あの几帳面で生真面目な仕事ぶりを思い出しながら訊いた。

「ええ。持ち込まれた金塊をすばやく盗んで、銅の塊と替えたのは自分だと。それをひそかに持ち出すため、できていた仏像の裏に、それを溶かして流し込んだそうです。まさに、旦那の推察どおりじゃねえですか」

「それで？」

と、竜之助は先をうながした。

「ところが、あの鋳物屋ではたらくぼんやりした草太という男が、まちがえて谷中の寺に持って行ってしまった。それが、金泰寺《きんたいじ》という寺にあるのをやっと見つけたんだそうです。このありがたい仏さまといっしょに、あっしは成仏させてもらう。なんまんだぶ、なんまんだぶと書いてあったそうです」

「ちっ。まいったなあ」

竜之助は舌打ちした。

「どうしたんですか、旦那。これで決まりじゃねえですか。野郎が飛び込んだのも大勢が見てるんだし、自分で死んだのはまちがいねえ。しかも、罪はすべて告白した。金泰寺にあった仏像ももどった。まあ、作蔵の命を救うことはできなかったけど、どっちにせよ野郎は死罪だった。なんにも問題はねえでしょう」

文治は不思議そうである。

「そうじゃねえ。そんなことはありえねえのさ」

「どうしてですか？」

「だって、草太というのが、その仏像をまちがえて運んだのは、金塊が運ばれる前の日なんだぜ」

「え」

「どうやれば、そんなことができるんだよ」

「だったら……」

「作蔵はおそらく、自分からすすんで、金塊を溶かす役を引き受けた。だが、草太の失敗で筋書きは変わってしまった。作蔵は金塊を溶かしたりした理由を取りつくろうことができなくなり、責任を感じて死んじまいやがった。作蔵に金塊を奪うことなどできるわけがねえ。となれば、下手人はほかにいるに決まってるじゃねえか」

　竜之助はうんざりした口調で言った。

　この日も、本渓寺の境内にはごみひとつなく、ていねいにならされた玉砂利が一面に広がっていた。

竜之助は、せっかくならしたものを崩したりしないよう、ゆっくりと歩いた。それでも崩れて跡がつく。人が歩けば足跡は避けられない。その足跡を汚れたもののようにしてしまう美しさというのは、どこかまがいもの臭いと、竜之助は思った。

「町方の同心どの……」

と言ったのは、並んで歩いているこの寺の月眞僧正だった。

「拙僧は今度、徳川さまの菩提《ぼだい》を弔うことになりましてな」

「はあ」

と、竜之助は気の抜けた返事をした。

徳川という名に、まるで動揺したようすがないことを不思議に思ったのか、月眞僧正はじっと竜之助を見て、

「将軍家の菩提寺に来てもらいたいとの要請があったのです」

「それは、それは」

うっかり「それはお気の毒に」と言いそうになってしまった。菩提なんぞはこの世のものではないのだから、もっとすっきりと弔ってやればいいのに、あそこらの寺ときたら、大げさなこと、この上ないのである。

「あまり、突飛な言いがかりをつけるようでは、拙僧もその筋の方々にご相談させてもらうことになりますが」

と、月眞は困った顔で言った。

「はあ、言いがかりですか」

「あなたの話をうかがっていると、まるで拙僧が金塊を略奪したみたいではないですか」

「いや、そういう露骨な言い方はしたくないのですよ。だって、金塊はこちらに寄進されたものですから、先に盗ったとはいえ、所詮《しょせん》、自分のものを置く場所を替えたようなものですからね」

「そうはいきませぬよ」

「そうですか」

竜之助は臆したように言った。

「いったい、拙僧はどこであの金塊を奪うことができたのですか。あの日はたしか、金塊を送り出したあと近くの寺の小坊主たちの集まりがありましてな、一刻（二時間ほど）以上も、拙僧が話をしていたはずですが」

「はい。それもわかっています。だから、金塊は運ぼうとするときすでに、この寺にはなかったんです。金塊はそれ以前に鋳物屋の作蔵に渡し、細工して仏像として寄進されるはずだった。作蔵は信心深い男だったそうです。僧正さまのためなら、相談でもされたらなんだってやってくれたでしょう」

「ほう。面白いことを」

「では、寺社方の武士や、人足たちまで見た金の塊はなんだということになってしまいますよね」

と、竜之助は本堂のあたりを手をかざして見ながら言った。

「なんなのですか」

「銅の塊です」

「ほう。銅というのは、あんなに眩しいものでしたか」

「いいえ。あれは金塊に見えても、じつは金箔を塗ったように薄い、おそらく紙くらいの厚さにした贋物の塊をかぶせていただけだったのです。僧正さまは、まず、皆に輝くその贋物の塊を見せた。贋物といっても、薄いだけで、材質は本物ですから、輝きも金そのものです。皆を圧倒させたところで、僧正さまはその紙のような金を剝《は》ぎ、そっとたもとにでも入れてしまった」

「……」

「たしか、あの日、僧正さまは珍しく金糸の入ったきらびやかな袈裟をつけておられたとか。いつもは粗末な袈裟を着ておられたのに、金糸を使った袈裟を着たのも、目立たないようにするというお気持ちがあったのでは？」

「それは同心どのの推測かね」

「推測ですと言いてえところなんですが、残念ながらちがうんです。さっき、小坊主の集まりがあったとおっしゃいましたでしょう。その小坊主の一人が、そっちから見ていたんです」

と、竜之助は本堂のわきのほうを指差した。

「小坊主の穢《けが》れのない、純な目が、僧正さまのなさることを、不思議そうに見ていたんです」

「そうだったのですか……」

二人ともしばらく押し黙っていた。

強い風が吹いたが、玉砂利のおかげで、土埃《つちぼこり》などはいっさいたたなかった。ただ、早めに落ちた枯れ葉が、どこかから飛んできて、月眞の足元にまとわりついた。

月眞はそれを、腰をかがめていとおしそうにつまみ、

「足りなかったのです」

　と、枯れ葉を眺めながら言った。

「足りない？」

「月眞ともあろう者が、たったあれくらいしか、金塊を集めることができなかった。将軍家の菩提を弔うほどの僧が、たったあれしきの金と、そう言われるのが怖かったのでしょうな。それなら、なくなってしまってもいい」

　そう言って、月眞は拾った枯れ葉をもう一度、風に乗せてやった。

「ああ、そうか。あるいは、もう一度、集めたものを足せば、前よりはずいぶん量も増える」

「そういう気持ちもあったかもしれませぬ」

　竜之助はしばらく考え込んだが、

「それでは、徳川家が、僧正さまがそんなことをする一因にもなったようですね」

　と、言った。

「やはり、徳川の御名は重いものですから」

「そうですかねえ。おいらにゃ、そんなふうにはまったく思えねえんですがね」

竜之助はつまらなそうに言って、月眞僧正に背を向けた。

五

竜之助は、この件を包み隠さず、矢崎三五郎に報告した。とても、一人でにぎりつぶすことができる話ではないし、そういうことをしてはいけないと思った。真実は、人情にそむいても、やはり明らかにしなければならないのではないか。とくに、月眞のような立場の人がなしたことは。

ただし、すこしあいだをあけたのである。

竜之助と会った翌日——。

月眞僧正は、自ら生き仏になると宣言していた。

「げっ。生きながら木乃伊《ミイラ》になるというやつか」

と、それを伝え聞いた竜之助はあきれた。だが、よく考えてみると、それは武士の切腹のようなものかもしれない。

自らを裁こうという人の邪魔はしたくないので、五、六日ほど待って、月眞僧正が木乃伊になりかけたころ、竜之助は矢崎に打ち明けた。

「僧正のしわざだって」

矢崎は驚き、あわてて上のほうに相談に行った。

だが、事件そのものは、そう大きなものではない。竜之助が言ったように、信義上の問題はともかく、他人のものを盗んだわけではない。自分のところの金塊を、消したり、水のように溶かしたりしただけである。

また、鋳物師の作蔵が死んだのも、月眞が命じたわけではなく、自らが責任を感じて選んだ死だったはずである。

おそらく、皆が、僧正の入滅を見守るしかないはずだった。

矢崎にすべてを告げたあとで、竜之助は本郷の大海寺にやってきた。

「よう、狆海さん」

と、庭を掃いていた小坊主の狆海に声をかけると、

「あ、同心の、たしか福川さま」

尻っ尾が似合いそうな、小動物のようにかわいい笑顔を見せてくれた。

「今日はどうなさったのですか？」

「ちょっと訊きたいことがあったのさ」

「はい。なんでもどうぞ。お悩みごとにうまく答えられるかどうかはわかりませ

んが」

箒《ほうき》を下に置き、神妙な顔でそう言った。

「いや、悩みというほどのことではないのさ。じつは、ここで岡っ引きの十手が見つかったことについてなんだがね」

「はい」

と、今度は緊張した顔になった。

「おいらはさ、あれは誰かすごく賢い人が、仏像のことで怪しげなやつがうろうろしてるということを、教えてくれたのかなと思ったのさ。あの十手は、ぼんやりしていた岡っ引きから盗ったんじゃねえ。あれをちょっとだけ借りて、矢印がわりにこの現場に置いて、ほら、なにが起きてるか、よく見なさいよと」

「はあ」

狆海の顔にかわいい笑みがもどった。

「ええとですね、なんか眉の濃い、目の小さな人が来て、拝んでいるふりをしながら、火箸みたいなやつで仏像をこつこつ叩いていたんです。あの割れたやつを叩いて、すこし腹のところが欠けたときは、びっくりしてました」

「ほう、そうかい」

「それで、隣のお寺の珍念《ちんねん》にも訊いたら、やっぱりそんなやつが来たそうです。あれは、絶対に怪しい。奉行所の人に調べてもらいたいって。でも、そんなことを言うだけじゃ、絶対、調べてくれないだろうなと」

「ほんと、助かったよ。あの十手が教えてくれたから、おいらはある仕掛けに気づいたんだからな」

「それはよかったですね」

狆海はすました顔で、もう一度、庭を掃きはじめた。

「それと、もうひとつ、訊きてえことがあったんだ」

「はい、どうぞ」

と、箒を動かしながら言った。

「狆海さんは、先月くらいにどこかの寺に小坊主の会みたいなものがあって、行かなかったかい？」

「小坊主の会ですか？ わたしはそういうものには行ったことがないんですよ」

「そうなのかい。じゃあ、そっちは当てずっぽうだったみたいだ」

竜之助は笑った。

これは意外だった。

引っかけるつもりはなかったのだが、僧正は引っかかってくれたようだった。

「なにか、おかしいですか？」

「いや、なんでもねえのさ」

そこへ――。

「おや」

と、後ろから声がかかった。

本堂の上に雲海和尚がいた。上からでも、あの特徴ある上目使いで竜之助を見た。

「たしか、福川竜之助だったな」

「はい、十手を見つけていただいてありがとうございました」

「あ、あのとき言おうと思っていたのだが、そなたには、なにかあるな」

「なにかですか」

「うむ。見どころがな。いい雰囲気がある」

「それはどうも」

見どころだとか、雰囲気だとか、何だかわからないがとりあえず頭を下げた。

人の暮らしはあまり細かく突きつめたりせず、適当にやりすごすことも大事だということは、このところすこしずつわかってきた。

「そうだ。弟子にしてやろうか？」

弟子というよりは、家来にと言われたような気がした。

「は」

「うむ、そうしよう。鍛えがいもある。わしの弟子として、認めてやってもよいぞ」

「はあ」

「明日から、ときおり、ここにきて、座禅の修行をするがよい」

「それは……」

露骨に断われば角が立つ。

なんとかとぼけてごまかすつもりである。適当にやりすごすところである。

だが、狆海が耳元で言った。

「福川さま。座禅というのは悪くありませんよ」

「ほう、そうかい」

「いままで見えなかったことが見えてきたりします」

「狆海さんが教えてくれるんだったら、おいらもやってみようかね」

「ぜひ」

狆海の笑顔に釣られて、月に一回、満月の夜に座禅を組むことを約束してしまった。


その夜――。

八丁堀の役宅にもどったときである。

門を入ってすぐ、足を止めた。

刀を抜き放ち、庭のほうへと回った。肌全体がざわざわしている。足の下でやよいが撒いた小枝がぽきぽき音を立てたが、そんなことはかまわない。

月明かりはある。

白い光が竜之助の左手から、ゆるい弧を描きながら飛んできた。

刃を横にし、これを受けた。

かきん。

と、白い光は撥《は》ねた。

そこからは立て続けに来た。

飛び散る白い光は手裏剣だった。

そのとき、庭側の雨戸がいきなりはずれ、なかから作務衣《さむえ》のようなものを着た男が転がり出た。

竜之助はすばやく、この男の肩を刀の峰で打ち、気絶させた。

しかも、この男を片手でぐいっと持ち上げ、身体全部を盾のようにして、庭の隅にいる曲者のところに突進した。

あまりのことに、闇の向こうの敵は手裏剣を飛ばすのも忘れたらしい。

「きさま」

と言ったときには、もう竜之助の峰を返した剣が、その男の二の腕を砕き、地面をのたうち回らせていた。

もう一人の動きが消えたかと思ったが、ふいに物置小屋の裏から飛び出してきた。その背後を、やよいが襲ったからだった。

「きぇい」

かけ声とともに、庭の外に飛び出そうとしたが、竜之助もまた、宙を舞った。宙にいるあいだに、剣が二旋し、男はどさりと地面に落ちた。声もあげずに蛇《へび》のようにのたくっている。あばらと足首の骨を砕いてしまった。

「これで全部です」

と、三人の男を見下ろして、やよいが言った。

「竜之助さま、どういたします？」

「どうするって？」

「始末しますか？」

やよいの顔は本気である。

下に横たわった男がつぶされる前の虫のようにぴくりと動いた。

「そこまでしなくたっていいだろうよ。どっちにせよ、こいつらはもう、この手の仕事はできないんだ」

すこし、強く骨を砕いてしまったことを、竜之助は後悔した。骨がくっついても、元のようには動かないだろう。

「では、どうするのです？」

「逃がしてやろうぜ。ほら、早く行きな。おいらは飯がまだなんだから」

竜之助は足先で軽く蹴った。

それから、

「黒船がきて、世の中が変わろうってときにさ、おめえら、これからも手裏剣で戦おうっていうのか。ペストルの弾が飛び交う時代だぞ」

と、あきれたように言い添えたのだった。

第四章　神の鹿

「そなたは、若がご自分の剣の秘密を知っておられるというのか？」

と、支倉辰右衛門は訊いた。

「はい。知っておられます」

うなずいたのは、歳のころは五十前後、瘦せて小柄な武士である。着ているものは粗末な木綿のものばかりで、裕福な武士には見えない。だが、顔つきは穏やかで、目元には小さな笑みが浮かんでいる。

「わたくしもそう思います」

と、言ったのは、やよいである。

「そなたも、そう思うか……」

支倉はあきれたように二人を見た。

ここは、田安門を出てすぐのところにある広大な弓馬の稽古場である。幕府の重臣たちが管理するところで、誰でも利用できるというところではない。

といって、このところの世情を反映してか、利用者が増えてきている。

あちこちで弓鳴りの音がしている。

蹄《ひづめ》の音もうるさいくらいである。

だからこそ、密談にはふさわしいのだ。

支倉も弓矢を持ち、ときおりは的に向かって気の入らない一矢《いっし》を放ったりしている。

「若が知っているということは、そなたたちが告げたのであろう」

「いえ、わたしどもはお伝えしておりませぬ」

「では、なぜわかった?」

支倉はまだ非難するように訊《き》いた。

「用人さまもご自慢なさるとおり、あれほど賢明なお方ですぞ。秘密の匂いを嗅《か》ぎ取れば、どうしたって調べはついてしまうのです。まして、あのお方は膨大な武芸書にも目を通されております。もちろん、柳生十兵衛の記した『月の抄』などの兵法書もお読みになられたことでしょう。それらをつぶさに読めば、ご自身が身につけた技と、いわゆる柳生流の剣との一致、あるいは微妙なちがいまで、理解なさっているはず」

「うむ。それが将軍家への指南の剣だとわかるか？」

「あのお方は、この数年、諸国への武者修行を希求しておられましたな？」

「しつこく言われてまいったわ」

「それには、重苦しいあの家を離れたいという気持ちとともに、自分の剣の由来をたしかめたいという思いもおありだったのでは？」

「ああ、そうか」

と、支倉は呻《うめ》いた。思い当るふしはある。まだ、二十歳前ではなかったか、訊かれたこともあった。「将軍家には、それにふさわしい剣というのがないのか？」とも。

そのときは、剣を学ぶ者が抱く素朴な疑問なのだろうと思った。

だが、あのときすでに、おのれの剣の特異さに気がついていたのかもしれない。

将軍家にふさわしい最強の剣。

兵法の天才たちだった柳生三代の男たちが、将軍家に指南するため、練りに練りあげた剣の極意。

その柳生の剣は、巷間《こうかん》、ほとんど絶えたと言われている。

柳生家はまだ、つづいている。大名家として。

だが、将軍に指南をしていたのは、せいぜい六代将軍家宣《いえのぶ》公までで、あとは剣の腕も衰える一方、いまでは往年の実力は見る影もないと言われている。

むしろ、新陰流の真髄は、剣聖柳生連也斎から尾張柳生につたわった。現に、尾張藩主にはいまにいたるも、新陰流相伝がつづいているという。

支倉もそう思っていた。

だが、この目の前にいる男——柳生清四郎が、現われたのである。

竜之助がまだ、七歳のときだった。

「お血筋の男子の中で、もっとも優れた資質をお持ちの方に、江戸柳生家の真髄、新陰流の極意を伝授することになっております」

と、柳生清四郎は言った。

「そなた、いったい何を申しておる？」

そのとき、支倉は柳生清四郎の言うことを疑った。

「お疑いであれば、これを」

と、柳生清四郎が示したのは、三代将軍家光《いえみつ》公のお墨付きであった。

おそらく、家光公は、ご自身の危機をかんがみ、将軍家に最強の剣をひそかに伝えつづけるべく、江戸柳生の一族に命じたのだろう。

家光公の命を受けた者は、大名となった一族とは別に、将軍家に江戸柳生家の新陰流の極意を伝えつづけてきたのだった。

「それを竜之助さまに？」

「はい。宗家、ご三卿のお家を見渡し、田安の竜之助さまこそ、もっとも優れた資質をお持ちだと拝察いたしました」

この申し出は断ることはできない。

お墨付きには、もしも断われば見込まれた者も、申し出を伝えられた者も、命を奪うよう記されていた。

こうして、柳生清四郎がお付きの者として、竜之助が七歳から二十二歳の春まで、十四年間にわたって厳しい剣の稽古をつづけさせたのだった。

とはいえ、柳生清四郎の教授は素晴らしいもので、竜之助はその稽古を厳しいものだとは思わなかったかもしれない。つらいのはむしろ、田安の家の中にあった冷たい視線、無視するような態度であって、剣の稽古は喜び以外の何物でもなかったかもしれない。

まるで遊戯のように、あるいは課題を達成する喜びを味わいつくさせるように、柳生清四郎は竜之助の剣の腕を磨きあげていったのである。

そして、竜之助が二十二の春、

「すべての技をお伝えした」

として、お付きの者の職を辞したのだった。

いったいいくつの秘技を伝えたのか、それは支倉でさえ知らない。

清四郎がいなくなると、そのかわりに柳生一族から送り込まれてきたのが、やよいだった。

「江戸柳生の極意の新陰流を身につけるということは、数々の危難を呼び寄せることになるのです。わたくしは、その危難から竜之助さまをお守りするために参りました」

と、そのとき、やよいは言った。

「危難とは？」

「新陰流は、尾張柳生のみならず、多くの大名家にも伝えられています。そして、それらの相伝を受けた方たちは、江戸柳生家がひそかに伝えたという極意に対し、敵意を抱くのです」

「無礼ではないか。将軍家に対し」

と、支倉は憤った。

「ですが、それが武芸の宿命でございましょう」

と、やよいは平然と言ったものである。

以来、三年——。

世は動乱の色を濃くしていた。

そうした中、このところ新陰流に関わる大名家の動きが怪しくなってきているという。いまも、柳生清四郎がその動きを支倉辰右衛門に伝えたところだった。

「それは、西国の動きと関わりはあるのか？」

と、支倉は訊いた。西国の動きとは、言うまでもなく、徳川幕府に歯向かおうとする動きである。

「あるやもしれませぬ。あるいは、この機に乗じてというところかもしれませぬ。いずれにせよ、竜之助さまには大きな危難が迫りつつあることはまちがいありますまい」

と、柳生清四郎は言った。

「ううむ」

文倉は大きなため息をついた。

この危難は、竜之助が同心になっていなくても、襲いかかってきたにちがいない。

——だとしたら、あの若は……。

どうしたって危難というものがつきまとう身の上なのかもしれないと、文倉は思っていた。

一

「やっぱ、世の中、変えなきゃだめなんだよ」

さほど広くはない〈すし文〉の店のなかに、男の怪気炎が響いた。

浪人風の男である。北国のくぐもったような訛《なま》りがある。竜之助より歳はすこし上だろう。着物はだいぶ垢じみているが、もとの生地はしっかりしたものに見える。

「腐ってるんだから、幕府そのものが」

「しーっ。だめだよ、旦那。そういう話は」

隣で飲んでいた分別臭そうな町人の客の一人が酔っ払いをなだめるように、口に指を当てた。
「かまうもんか。皆、心の底じゃそう思ってんだから。何百年も天下を牛耳《ぎゅうじ》って
くれば、腐ってくるのは当たり前なのだ」
竜之助は、今日一日は非番だったので、八丁堀風の格好ではない。
両国界隈《かいわい》を勉強もかねて見て歩き、そのまま帰ろうかと思ったが、ついここに
立ち寄ってしまった。すると、店に出ていた文治に、先に来ていた瓦版屋のお佐
紀の隣に無理やり座らされてしまったのである。
調理場のほうにいる文治が「どうします？」というような目を向けてきたの
で、竜之助は「いいよ、いいよ。言わせておきな」という感じで首を振った。
「多いよね、ああいう人」
と、お佐紀が言った。
「そうだな。だが、あの男はまだ陽気な感じがするからいいが、あれで暗いと危
ないんだよなあ」
竜之助が同心になったばかりのころはまだそうでもなかったのに、このひと月
ほどで急に殺伐としてきた。
物騒な浪人が跳梁跋扈《ちょうりょうばっこ》している。

それと関係があるのかどうか、辻斬りも増えている。

また、江戸近辺にやってくる異国人に対して、襲撃を試みようとする者たちもいるらしく、奉行所でも異人が寄宿する寺などの警戒を強めている。

「福川さんもなにか世の中のために一働きしようとかいう気は？」

と、お佐紀が訊いた。

「一働き？」

「そう。若い武士や、多摩の百姓たちはずいぶんいきりたってますよ。なんか血が騒いで、時代の風雲に飛び込まずにはいられないって感じ」

「そりゃあおいらにもすこしあるけど、おいらがそれをやろうとすると、いろいろ問題もあるしね」

「どんな問題が？」

「だって、ほら、おいらなんか下《した》っ端《ぱ》の見習い同心だし」

と、とぼけた。本当はつらいところなのである。新しい時代の到来を待ち望めば、おのれの身内を傷つけることになる。けっして自分に優しかったわけではない身内であっても、傷つけることにはためらいがある。

「福川さんて、いい男で颯爽《さっそう》としているけど、なにか若者らしい、ぎらぎらしたところはないのね」

　お佐紀からすると、自分などはかなり物足りなそうである。

「そうかもしれないな。そんなことより、お佐紀ちゃんも殺伐なことばかり書いていると、嫌にならないのかい？」

「そりゃあ、なりますよ」

「だったら、せめて一日おきくらいに、いい話か、面白い話を拾って書くってのはどうだい？」

「わかった。やってみます」

　意外に素直にうなずいた。殺しや火事の現場にも、真っ先に飛び込んでいくが、それは仕事としてやっているので、本来はしっとりして女らしいところもあるのかもしれない。ま、竜之助としてはそう思いたい。

　息巻いていた浪人者が立ち上がった。

「さて、帰るか。いくらだ？」

「ええと、八十文で」

　と、文治が答えた。

「すこし、まからぬか」

と、浪人者は財布の中身をたしかめながら言った。

「旦那、国の行く末をあれだけ高らかに論じたのですから」

数十文でごちゃごちゃ言うなという皮肉である。

「うむ。ちと飲みすぎてしまったな。用心棒仕事でも探すか」

どうにか足りたらしい。つまんだ銭を丸太でつくった腰掛の上にぱしりと置き、情けなさそうな顔になって出ていった。

それを見て、

「では、おいらも」

「あたしも」

と、竜之助とお佐紀も立ち上がった。

外に出ると、通りは静かである。ここは神田だから、それでも人通りが絶えることはないが、江戸のちょっとしたはずれともなると、近頃は物騒で夜歩きする人もほとんどない。

外に出てすぐに、

「お佐紀ちゃん。送ろうか」

と、竜之助は声をかけた。

「いいですよ。ご新造さまに悪いから」

やよいのことである。

「だから、あれはちがうって。本家のほうから手伝いに来てるだけで、もうじき帰すんだから」

「別にむきになって弁解してくれなくっても」

「そんなことより、物騒だぜ」

「大丈夫です。もう着いたから」

と、前の家を指差した。

「え？」

〈すし文〉の三軒先である。しょっちゅう来ているくらいだから、近いのだろうとは思っていたが、これほど近いとは知らなかった。

「うちの者に会っていってください」

「いいのかい」

「どうぞ、どうぞ」

瓦版と大書した腰高障子を開けると、まだ仕事中だった二人の男がこちらを見た。手だけでなく、顔のあちこちにも墨の汚れがついている。

「南町奉行所の同心の福川さまだよ」

「今晩は」

と、竜之助は気さくに頭を下げた。

「こりゃどうも」

「お佐紀がお世話になって」

「おとっつあんは絵師で歌川広安《うたがわひろやす》といいます。爺《じい》ちゃんは版下担当、うちは家中でつくってる瓦版なんです」

上がっていけと勧められたが、瓦版が出るのが遅れたら大変である。邪魔しちゃ悪いと辞退した。


その帰り道である——。

竜之助は、つけてくるやつらがいるのに気づいた。

じつは来るときもいた。最初に気づいたのは、八丁堀の出入り口のひとつである霊岸橋《れいがんばし》のところで、途中、両国橋のあたりでもちらちら見えていた。面倒なのでうっちゃっておいた。どうせ、このあいだのやつらの仲間だろう。

四人いる。道の両脇にわかれ、お互い知らない者同士のようにつけてくるが、仲間だというのはすぐにわかる。四人はお互いの距離を一定に保ったままついてきているのだ。こんなことは仲間でなければありえない。

着こなしの雰囲気からすると、江戸詰めの藩士たちといったところか。四、五十代が二人に、二十代が二人。だらしなくないし、四人ともいいものを着ているので、財政も豊かな藩ではないか。

ずっとつけられると鬱陶《うっとう》しいので、撒《ま》くことにした。

撒くのはかんたんである。だが、急ぎ足になって、路地やわき道を駆けまわるのもいいが、せっかくいい気持ちになった酒の酔いを消したくはない。

――湯屋がいいか、床屋がいいか……おっと、ここでいいか。

通りすがりの番屋に飛び込んだ。

「よう。南の福川だが」

一、二度、顔を見せたことがあったはずである。

「これは旦那」

うどんを食おうとしていた番太郎が箸の動きを止めて、目を丸くした。

「説明する暇はねえんだ。裏から抜けるぜ」

「あ、はい」―

番太郎が呆気《あっけ》に取られるのを尻目にさっさと裏の路地を抜けた。

一町ほど先で表通りに出ると、四人がためらった挙句、番屋に入ろうとしているところだった。


それから五日ほどして——。

お佐紀のところが出している瓦版を手にして、竜之助は、

「へえ」

と、感心した。

いい話が載っているではないか。

といっても、涙を誘うとか、教訓になるというたぐいではない。

夜の本小田原町《ほんおだわらちょう》を鹿が歩いていたというのである。

お佐紀の父の歌川広安が描いた絵がついている。月明かりの手前を大きな鹿が横切っている。いくつも枝分かれしたような立派なツノである。それを、町人たちが唖然《あぜん》と見守っている。

文字のほうにも、月明かりに浮かぶ鹿のツノは神々《こうごう》しいほどで、見かけた者はみな、ぱんぱんと柏手を打っていたと書いてある。

竜之助はこの瓦版を持って、奉行所の外に出た。

南町奉行所の前は数奇屋橋御門だが、お佐紀はネタを捕まえるため、御門前の広場にいることが多い。

この日もやっぱりいた。

「お佐紀ちゃん。読んだぜ」

と、瓦版をひらひらさせた。

「どうでした？　いい話でしょ？」

「ああ。いい話だ。でもよ、本小田原町といったら、日本橋のすぐ近くではないか。そんなところを鹿が歩いていたなんて……」

「信じられない？」

「ほんとの話かい？　無理やりつくったんじゃ？」

「失礼ね。嘘いつわりなし。何人もの人が見てるんですから」

「どこかの神社あたりで飼っていたのが逃げたのかな？」

鹿というのは神の使いとされ、神社あたりでは神聖視している。

「そんな神社はないみたいですよ」

「じゃあ、どこかの大名屋敷ででも飼っていたのかな」

大名の下屋敷なんぞはやたらと広いから、鹿でも猪でも放し飼いにできたりする。

「どこから来たかなんてわからずじまいでいいんですよ。こんな物騒な世の中を、夜遅くに鹿が悠然と、江戸のど真ん中を歩いていた。想像すると、なんだかうっとりしてしまいませんか？」

「するよ」

竜之助もそういう気持ちはわかる。浮世離れした、夢のようなできごとの面白さ。発句をつくったり、絵を描いたりはしないが、それらの題材にしたらいいだろうとは思う。

「でもね、大問題があるんです」

と、お佐紀は眉《まゆ》をひそめた。

「なんだい？」

「まったく売れなかったの」

「それは……」

意外でもあったし、殺伐とした話よりもいい話を書けと勧めた竜之助も申し訳なく思ってしまう。あの、人が良さそうなお佐紀の家族が、干上がってしまうことはないだろうか。

「町の人たちはいい話なんて求めていないのかな、むしろ殺伐としたものが読みたいのかなって思ってしまいました」

「そんなものなのか」

竜之助までがっかりしてしまった。

二

「おい、福川」

と、先輩同心の矢崎三五郎に呼ばれた。

矢崎の隣では、岡っ引きの文治がしきりに首をかしげている。

「なんでしょう？」

「おめえの得意な、妙な事件が起きたぜ」

「別に妙な事件が得意なわけでは……」

と、ぼやいてみせたが、とりあえずざっと話を聞いた。

本石町《ほんごくちょう》にある油問屋の大店《おおだな》の上総屋《かずさや》で、押し込み強盗があったらしい。

近所の人が見ていて、夜中に千両箱をかついだ男たちが逃げ去ったという。

これが本石町界隈で噂になっていた。

「千両箱をかついで？」

「へい」

文治が答えた。

まあ、重いことは重いができなくはない。

「数はわかってるのかい？」

「四人だったそうです」

「町人か？」

「武士だったみたいです」

「なるほど」

とは言ったが、厄介《やっかい》なことになりそうである。いま、増えつつある脱藩浪人などだと、江戸が京都のように尖鋭化する恐れがある。

ところが、文治が行って、この噂を当の上総屋に問いただしてみると、

「そんなことはありませんでした」

と、答えたというのだ。

「千両箱もなくなってなぞいません」と。

これを聞いて、

「たしかに妙な事件だな」

と、竜之助も納得した。

「押し込みに入られたはずの上総屋が、そんなことはないというのだから、どうしようもありませんよ」

と、文治も首をかしげるはずである。

「じゃあ、福川、とりあえずおめえ、話を訊いてきてくれ」

矢崎は妙な事件ではなく、はっきりした事件に精力を注ぎたいようすである。

竜之助は、文治といっしょに本石町に来た。

ここは、三丁目に紅毛人《こうもう》が定宿にしている長崎屋《ながさきや》があるのと、やはり三丁目の石町《こくちょう》の鐘撞堂《かねつきどう》があるので知られる。

百年ほど前のことだが、この鐘撞堂のおつよという娘は、ろくろっ首だったという伝説がある。その話を、竜之助は屋敷にいる時分、下男に聞いたことがあって、ずっと来てみたかった。はじめて来たのは先月だったが、別におどろおどろしくも、秘密めいてもいないので、がっかりしたものである。

それよりは、上総屋の話のほうがよほど不思議である。

「ほんとに、なにもなかったのかい？」

あるじの多兵衛《たへえ》を呼び出し、再度、たしかめたが、

「ほんとに困ってしまいます。その夜は、急ぎの仕事で油の壺をいくつか船まで運んだのですが、おそらくそれと見まちがえたのではないでしょうか」

と、言った。

「あんた、昨日はそんなことは言わなかったぞ」

と、文治がなじった。

「はい。あとで手代にたしかめたら、そういうことだそうでして」

なにか、口裏を合わせた感じがする。

店の中をのぞいた。

たしかに店ではなにごともなかったように、手代や小僧たちが仕事に励んでいる。

奥の壁を、小僧たちが一生懸命、たわしを使って磨いている。

油がはねたりするわけでもないだろうが、店全体がなんとなく油っぽい。その油汚れを落とそうとしているらしかった。

「じゃあ、まあ、今日は帰るけど、嘘は困るぜ」

と、竜之助は釘をさした。

「滅相《めっそう》もない」

あるじは神妙にしている。

次に近くで話を訊くことにした。

ところが、あるはずの噂がなくなっているではないか。

両隣で訊いても、上総屋から頼まれでもしたのか、

「いえ、わたしどもはなにも……」

と、すっとぼけているのだ。

向かい側の三軒ほど先に、小さな天ぷら屋があり、店先で串にさした揚げたての天ぷらを売っている。そのあるじがようやく、竜之助たちにまともに応対した。

「そこの上総屋に押し込みが入ったってえ話は知らないか？」

「押し込み？　それは知りません。ただ、それと関係あるかどうかは知りませんが、鹿が立っているのは見ましたよ」

「鹿が？」

お佐紀の瓦版の話がこんなところでぶり返されるとは思わなかった。

「それは、いつのことだい？」

「もう七、八日ほど前だったでしょうか。その店の前にいたんです。夢かと思いましたよ」

「鹿は一頭だけか？」

「はい」

「自分で歩いてきたのかな？」

「ちがうと思いますよ。そっちに二人ほど隠れるようにして細い紐を引いてましたから」

「七、八日前というと……」

文治の顔を見た。

「押し込みがあったというのは一昨日ですから」

と、文治が言った。

では、押し込みと鹿は関係がないのか？

竜之助も首をひねるしかない。

同心の福川竜之助と岡っ引きが、このあたりで聞き込みしたあげくに帰って行くのを、上総屋のあるじの多兵衛と手代の一人が二階の窓から見つめていた。

「やはり来てしまいましたな、旦那さま」

と、あるじよりも十歳は上と思われる手代が言った。

「噂というのは、伝わるのは速いからな。だが、ここらは口止めもきいているみたいだね」

「それは大丈夫でしょう。隣の草履屋《ぞうりや》なんぞは芸達者ですから、いい芝居をしてくれたんじゃないですかね。ただ、あの天ぷら屋は……」

「あんなやつ、なにも知りませんよ。毎晩、夜は飲んだくれてるだけだもの」

「では、このまま？」

「しらばくれるしかありませんよ」

あるじの多兵衛は、居直ったように言った。盗られた二千両はもう諦《あきら》めている。

「もっと早くに町方に打ち明けておけばよかったのではないですか？」

「馬鹿を言いなさい。そんなことをしたら、謀反《むほん》で引っ立てられかねませんよ」

「たしかにそうでございますな」

「こうなると、いっそ幕府がつぶれてくれたほうがありがたい」

上総屋多兵衛はぼそりとつぶやいた。

「そうですな」

「ああしろこうしろと締め付けがうるさいいまの幕府よりは、紅毛や南蛮《なんばん》と手を組んだほうが、大きな商売ができるかもしれません」

「まったくでございます。南町奉行になられた小栗さまは、アメリカも実際に見てこられて、進取の気概もおありのようだが、なにせ周りを囲むのがカタブツばかりでございましょう」

「そうなんですよ。世の中のことを見ようとせず、目先の仕事だけに熱心な人というのは、いちばん始末に悪いものです」

「ああいう同心なんぞはそのたぐいなのでしょうね」

「ああ、もう、まさに」

上総屋と手代は、竜之助の後ろ姿を馬鹿にしたように見つめた。

竜之助は、八丁堀に入ったところで気がついた。またつけられていた。待ち伏せしていたのだろう。

だとしたら、いまさら撒いたって仕方がない。

だが、おかしい。

敵意を感じないのだ。

向こうも今日はつけていることを隠そうともしない。

――降参してきたのかね。

自分でつぶやいて、自分で笑った。そんな馬鹿なことがあるわけがない。

この前、つけてきた四人である。

竜之助が役宅の門をくぐると、いっせいにその四人が駆け出してきた。

「お待ちを、お待ちくださいまし」

その気配に、やよいもなかから飛び出してきた。やよいは背中に武器を隠し持った気配である。

「いいよ、いいよ、やよい」

と、動きを封じ、

「誰だい、あんたたちは？」

と、四人に訊いた。

「は、わたしどもはまだ藩名は明かせませぬが、竜之助さまをご養子にいただきたく、お願いしています者。先日来、竜之助さまの剣の腕、胆力、機転すべて見せていただきました」

「見せた覚えはないがね」

「そこで、改めてぜひにお願い申し上げます」

いちばん年かさの男がそこまで言うと、ほかの男たちをうながし、四人はこの門前で土下座をはじめたのである。

「なにとぞ、竜之助さまには、当家にご養子に来ていただきますよう、お願い申し上げます」

最後は声をそろえ、歌舞伎の口上のようになった。

「おい、やめてくれよ」

「いや、お聞き届けいただくまでは」

「おいらは町方の同心だぜ」

竜之助がそう言うと、

「お戯《たわむ》れを」

「なぜにそのような世を忍ぶ仮の姿を?」

「おいたわしや」

などと、声がつづいた。

「おいたわしくないって」

竜之助はうんざりしてきた。

前の道を同心の新造らしき女が急ぎ足で通った。ちらりとこちらを見て、ぎょっとしていた。

「ほら、いまの人も驚いていたし、頼むよ、あんたら。ここで妙なことはやめてくれよ」

「では、とりあえず本日はここでおいとまいたしますが、なにとぞ、われらの望みをお聞き届けくださるよう」

「お願い申し上げます！」

また、口上になった。

四人の後ろ姿を見送って、

「なんだよ、いまのは？」

と、やよいに言った。

「若さま。あの者たち、変です」

「そりゃあ、変だよ。おいらを養子に欲しいなどと言うんだから」

「いえ、そういう意味ではなく、あの者たちは敵のはずです」

「敵が養子に来いというか？」

「でも、このあいだの忍者たちは、たしかあの人たちの配下だったはずですよ」

「ううむ」

どう考えたらいいかわからない。

やよいも途方に暮れたような顔になっている。

三

それから三日ほどして——。

この日は矢崎から、お前だけで行って来いと命じられ、小者一人だけを連れて、浅草から両国広小路にかけてまわってきたのだが、江戸橋の上で、

——あの男は……。

と、立ち止まった。近づくとやはり、〈すし文〉で息まいていた北国訛りの男である。ただし、この前とはようすがちがう。月代《さかやき》をきれいに剃っていたりして、身ぎれいにはなっているのだが、なんだか元気がない。

日光が差している川面《かわも》を見て、ため息をついたりしている。竜之助にも覚えがあるが、川の流れというのはあまり幸せな気分のときは見ない。だからこそ、癒《いや》

される気分になるのだが。気になったので、小者を先に帰し、江戸橋を渡り切ってから、遠くで男のようすをうかがった。

――ん？

北国訛りの男は懐からなにか紙を出して丸め、

「なめやがって」

と、大きな声を出して、ぽいと川に捨てて立ち去った。

下を見ると、丸まった紙は、日光を細かく砕いてはね返している日本橋川の上に浮かんでいる。江戸橋の左手は木更津河岸《きさらづがし》と呼ばれ、ここに繫留《けいりゅう》していた小舟の船頭に声をかけ、この紙を拾ってもらった。

広げて見ると、まだそれほど滲《にじ》んではいない。

――これは？

紙の縁を竜の絵や、梵字《ぼんじ》などが囲んでいる。いかにも怪しげな紙である。その真ん中には、

「大きなものが倒れるとき、災いが訪れる。そのほうもまた、あやうい。すぐさま用心棒を雇え」

と、ある。どうやら神文《しんもん》らしい。

――どういう意味だ？大きなものとはなんだ？　幕府のことか？　やはり、本人に直接、訊いたほうがいい。

あわててさっきの男を追った。

江戸橋を北に渡り、魚河岸のほうに曲がるのは見えていた。そっちに足を向けたが、魚河岸はまもなく九つ（正午）になるというのにまだ混み合っている。朝は魚屋で混み合うが、これくらいの時刻になると料理屋のあるじが多くなるのだと聞いた。

「ちょっとごめんよ」

声をかけながら人ごみをわけるが、なかなか前に進めない。

結局、男は見つからなかった。

その日の夜――。

魚河岸にも近い安針町《あんじんちょう》から火が出た。ここは火消しのいろは四十八組でいうと、〈い組〉の受け持ち区域だが、隣の〈よ組〉も駆けつけてきて、すばやい消火がおこなわれた。江戸の真ん中だけあって防水桶なども完備されていたし、夜も早いうちで、すぐに人手が集まったのも幸いした。さらに、この日は風もぴたりと止まっていた。

文治の報告を聞くのに、ちょうど日本橋のたもとで待ち合わせをしていた竜之助が、半鐘の音に現場まで駆けつけたときは、だいぶ火の手もおさまりつつあった。

それでも、炎がときおり爆発するようにぱんとはじけたりする。

見ると、お佐紀が火消しのわきにいて、筆を動かしている。「どけ。邪魔だ」などと怒鳴られたりもしているが、下がろうともしない。

「危ないぞ、お佐紀ちゃん」

見かねて竜之助も声をかけた。

「大丈夫ですよ」

火消し衆も、類焼は防ぐことができると判断したようで、総出で水をかけはじめている。

幸い、完全に鎮火したらしい。

黒焦げになった一部をのぞくと、建物の外観はほぼ無事である。

だが、焼け跡で火消しの若い衆が大声をあげた。

「いけねえや、仏が出たぞ」

「なんだって」

焼け死にするほどの火事ではないように思えたが、煙に巻かれたのだろうか。

「これは……」

水をかぶってびしょ濡れになり、仰向けにされたその死体に近づいたとき、竜之助は驚いた。昼間、見失ったあの北国訛りの武士だった。目が開いているのがなんとも無残な感じで、竜之助は手を伸ばし、これを閉じてやった。

いつの間にかお佐紀が隣に来て、

「あのときのお侍ですね」

と、手ぬぐいを口に当てたまま言った。肉が焦げた匂いが強く立ちのぼっている。

「ああ。おいらは今日、この近くで見かけたよ。訊きてえことがあったんだけどね」

むろん、あの神文の意味である。

「八丁堀の旦那。刀傷が……」

火消しの若い衆が、武士の肩を指差した。

「うむ」

それは竜之助も一目でわかった。肩から袈裟懸《けさが》けに斬られた痕《あと》がある。それだけではない。腕や腹にも斬りつけた痕があった。

「焼け死にじゃありませんね」

火消しの衆が言った。

「ああ、斬られたんだな」

野次馬からこの近所の者を探し、

「この家はなんだ？」

と、訊いた。

近くで団子屋をしているという男は、

「ここはずっと空き家でしたよ。奥まったところにあるくせに、中途半端に広いもんだから、なかなか店子《たなこ》が見つからなかったみたいです。でも、この十日ばかりは、侍が三、四人ほど、出入りしていたみたいです」

こんな町人地のど真ん中で三、四人の侍が集う。それだけでも、怪しい感じがする。そういえば、本石町の上総屋であったらしい押し込みの下手人は、四人の武士だったというではないか。

――まさかこの二つの事件につながりが……。

ふと気になって、いまの団子屋に訊いた。

「この家で鹿は見なかったか？」

「鹿なんざいるもんですか。でも、ヤギならいましたよ」

「ヤギ……？」

日本橋に近い町家にヤギ。それも奇妙な話である。

奉行所から矢崎三五郎が駆けつけてきたので、竜之助はざっと事情を説明するのに時間を取られてしまった。

四

八丁堀の役宅の居間に、大の字になって寝転び、竜之助はあれこれと考えにふけっていた。やよいがつくった味噌仕立てのぶっかけ飯は、ぶっかけ飯にあるまじきうまさで、三杯もおかわりをしてしまった。

このところ立て続けにいろんなことが起きた。

いちばん大きなできごとは、先ほどの安針町で起きた火事と殺しだが、やはりあの家にいた三、四人の武士というのが気になる。

そのうちの一人は、北国訛りのあの男だったとすると、仲間割れでもあったのだろう。

だから、あの男は元気がなかったのか？

そして、投げ捨てた神文のような紙の内容も気になる。

「鹿とヤギも妙だよなあ」

と、思わず口に出した。鹿を見かけた本石町の上総屋、お佐紀の瓦版に出ていた本小田原町。この二つの町は、通りにして四つ、五つくらいしか離れていないのだ。安針町もこの二つと近いが、ここは鹿ではなくヤギがいた。

だが、ヤギにしたって、江戸のど真ん中にいるべき生きものではない。

「竜之助さま。鹿とヤギがどうかしたのですか？」

片づけものを終えたらしいやよいが、声をかけてきた。

「いや、なんでもない」

「まあ、冷たい」

「女が知るような……」

ことではないと言おうとしたが、このやよい、ふつうの女ではない。いままでのようすで、いろんな訓練をうけた女であることはわかっている。だから、殺しがどうのこうのということにも、怯《おび》えたりすることはないだろう。それにしたって奉行所が関わることである。やたらに話すわけにはいかない。

「仕事のことさ」

「そうですか」

「そういえば、やよい。田安の屋敷に、鹿のツノが飾ってあったな？」

あまり広くて、どこにあったかは忘れてしまった。

「はい。ございますよ。支倉さまの用人部屋に」

「爺《じい》の部屋か。それは都合がいい。あの鹿のツノを持ってきてくれぬか？」

「承知しました。今宵《こよい》も支倉さまとお会いしますので、受け取ってまいります」

「今宵？　こんな夜更けに物騒だろうが」

「ご心配していただけるのですか」

「馬鹿を申せ」

見つめられて、あわててそっぽを向いた。

「それよりも若さま」

「なんだよ」

「この前、ここまでつけてきた男たちですが、四国の……藩の者たちとわかりました」

藩名はとくに小声で言った。

「譜代の雄藩ではないか？」

「そうですよね」

「脱藩浪人には見えなかったぞ」

その藩からは脱藩した下級武士が、ぞくぞくと京に入っていると聞いている。

「そのとおりです。藩邸にいる者たちです」

「ふうん」

「それで、この前、敵だったはずと申し上げましたよね」

「聞いた。そなたの推測だろ」

「当たってました」

「え？」

「連中は、反竜之助さまから竜之助派に鞍替えしたのです」

「わたしに鞍替え？　どういうことだよ？」

「次の次の藩主として、竜之助さまをお迎えしたい。だが、以前から竜之助さまを迎えたいと言っていた連中とは、袂《たもと》を分かったままでいたいと」

「なんだ、それは？」

要するに、頂点に座るのは誰でもいい。それを掲げているのが自分たちであればいいだけの話ではないか。

あきれ返って、

「ひでえなあ。譜代の雄藩でもそのざまかい」

そう口にした。


「福川の旦那」

奉行所を出たところで、文治が近づいてきた。待っているというので、急いで出てきたのだ。

「おう、なんかあったか？」

「火事の件じゃねえんですが、おかしな話がありました」

文治はすでに表情が自慢げである。文治のおやじさんがいいネタを寿司に握ったときの表情にも似ている。

「よほどいい話らしいな」

と、竜之助は先をうながした。

「あっしがよく顔を出している店で、長谷川町にろうそく問屋の甲州屋《こうしゅうや》というのがあるんですが、ここのあるじが昨日会ったら、ずいぶん冴《さ》えない顔をしていたんです。それで、なんかあったのかと訊いたのですが、なんにもございません、どうぞお引取りくださいの一点張り。どうも怪しいと近所で聞き込みをしましたら、あるじが脅されたとこぼしていたというではありませんか」

「出たか」

「はい。あっしもこれは上総屋のつづきかなと思いました」

「よし、おいらも行くぜ」

その足で長谷川町へと向かった。

長谷川町は、元吉原があったところに近く、雑多な店が立ち並ぶ町である。人形師もいれば、額をつくる名人も店を構える。ゆばや菓子の名店があれば、呉服問屋もありといった具合である。

甲州屋は問屋だが、店先で高価なものだけの小売もしており、大きなろうそくや、絵入りのきれいなろうそくが並べられている。お佐紀とやよいに一本ずつ、みやげにと一瞬だけ思ったが、両方に対して後ろめたい気がしてやめにした。竜之助はどうも、女たちへの気持ちが自分でもよくわからない。どっちかが好きなのか？　それともどっちも好きなのか？

ここのあるじは光右衛門《こうえもん》といって、いかにもろうそくを扱うのにふさわしい名前をしていた。代々、この名を引き継いでいるらしい。

文治が言ったように、脅されているとは言わないだろうと思ったので、竜之助は裏口から押し入るように、いきなり、

「鹿を見かけなかったかい？」

と、訊いた。

「あ……」

あるじは一瞬、なにか言いそうになったが、

「いや、知りません」

と、あわててとぼけた感じで言った。

「そうかい。見かけてねえのかい。ここらじゃ、いろんな店で見かけているらしいんだが、逆にあんたのとこで見かけてねえってのは怪しいな」

竜之助がそう言うと、いきなりぽんと手を打ち、

「あっ、はいはいはい、いや、見ました。はい、見ました。ああ忘れてました。

夢だと思ってましたので、まさか鹿がこの長谷川町を歩いているなんて……そうか。あれは夢ではなかったのですか」

このしらばくれかたには、なにかあるのは明らかである。

「え、見たのかい？　鹿を見たという店は、たいがいなんか脅されているらしいんだが、あんたのとこもやっぱりそうなのかい？」

「いいえ、あ、わたしは鹿を見たと言っても、遠くのほうにちらりと見かけただけで、あれは鹿かな、それともツノが生えた犬かななどと思ったくらいで」

「ツノの生えた犬なんかいるか？」

と、竜之助はあるじの動揺ぶりに苦笑してしまう。

「大きなものが倒れるときってえのはさ、災いが訪れるんだよ。あんたも用心棒を雇ったほうがいいんじゃねえか」

竜之助は当てずっぽうで言ってみた。あの神文にあった文句である。

「え……」

案の定、光右衛門は真っ青になった。やはり、あの神文がこの甲州屋でも使われているのだ。

「どうして、それを」

「いい解決策をさずけるぜ」

「どんな？」

「おいらを用心棒に雇うこった」

「八丁堀の旦那を用心棒に」

ごくりと唾を飲んだ。

「そうよ」

「でも、用心棒はすでにいます」

と、光右衛門は店の奥のほうを、振り返って見た。だが、別段、なにも見えていない。

「ほう。もう、雇ったのかい」

「はい」

「だが、用心棒だって、一人よりも二人いたほうがよかろう。現に、この前は用心棒がいても、押し込みに襲われたからな」

「さようで……でも、八丁堀の同心さまを用心棒に雇うなんてのは……」

「なあに、礼なんざいらないよ。タダでいい。飯さえ食わしてくれたら」

「は、はあ」

これであるじも納得した。

先に来ている用心棒には黙っているように頼み、一度、役宅に取って返した。

帰ると、夕べ、やよいが持ち帰ってきた鹿のツノが、玄関に飾ってある。

「どうも、玄関に鹿のツノがあるというのは変だな」

猟師にでもなったような気がする。

「そのために持って来るようにおっしゃったんじゃないんですか？」

「ちがうさ。じつはな……」

と、竜之助は計画を話した。

「なるほど。その鹿というのも、もともと贋物《にせもの》だったのですね」

「たぶんな」

「でも、ヤギでは鹿に見えないでしょうに」

「なあに、鹿なんてほとんど見たことがない連中ならわからないさ。それに夜だもの」

「わかりました。やらせていただきます」

「じゃあ、おいらは行くぜ」

いちおう八丁堀の格好はやめにして、用心棒らしい格好で出直すことにした。

ただし、用心棒らしい格好と言っても、袴をつけ、髷《まげ》を乱しただけである。

文治には、夜中に一度でいいからようすを探りに来るように伝え、甲州屋に行った。

「福川さま。こちらへ」

あるじの光右衛門に、さっきとちがって奥へと通される。江戸の商家も京と同じように細く長く伸びている。

「この前、鹿を見たんだよな」

「はい」

「その部屋からは見えるのか？」

「見えます。わたしはちょうどその上で寝ておりますが、右手にある窓から見ました」

「そりゃあいいや」

「なにがでしょうか？」

「いや、いい」

やよいに合図をしなければならないので、変な場所だと面倒になる。

長い廊下である。まだ雨戸はしめておらず、中庭が見える。小石を敷き詰めた簡素だが広い庭である。

突き当たった。

「佐山《さやま》さま」

「おう」

声を受けて光右衛門は襖を開けた。

「こちらはもう一人の用心棒の福川さま」

「もう一人？　聞いてないぞ」

佐山と呼ばれた用心棒は、不愉快そうな顔をしたが、光右衛門はそそくさと立ち去ってしまった。

佐山は竜之助よりは上だが、三十にはまだではないか。よく肥って血色のいい男である。

「福川といったな」

「ええ」

「おぬしも黒鹿党から来たのかい？」

黒鹿党という名は初めて聞いた。いっきに敵の核心に迫ったようで、胸が高鳴る。

「そうです」

と、竜之助はうなずいた。

「しばらくは四人で動くと言っていたのだがな」

「方針というのは変わるものですよ」

「まったくだな」

佐山は、このあいだ火事の現場で死んでいた男と、どことなく似ている。純粋だが、肝心なところが抜けているのではないか。

「ま、今宵は酒でも飲んでゆっくりしよう。どうせ来るのは夜中だ」

「そうですな」

すぐに竜之助の分の飯と酒が運ばれてきた。

ひらめの煮付けと小松菜のおひたし、それにどんぶり飯と酒が二本ついている。

「わたしは酒はあまりたしなまぬので、よかったら」

と、言うと、

「いやあ、悪いな」

佐山はこっちが照れるくらい、相好《そうごう》を崩した。

酒は好きだし、二本くらいでは目元も赤くならないが、夜中にやつらがやってくるというのに、飲んでいる場合ではない。

佐山はすぐに機嫌がよくなった。

「なあ、福川。徳川の世はなんとしても倒さなければな」

「放っておいても倒れることはないですかね」

「なにを甘いことを言っているのだ。ヤツラはしたたかだぞ。頭のいいやつは幕府にもいっぱいいる。だが、こっちにも切れ者はいるがな」

「こっちにも？」

「うむ。倒幕派さ。あの黒鹿党の和田《わだ》というのは、切れるな」

「そうですか」

「いつ京にのぼるつもりなのかな」

佐山は遠い京の都に、憧れるような目をした。

「おぬし、生まれは？」

「相州《そうしゅう》の在で」

適当なことを言った。なんとなく後ろめたい。

「わしは武州《ぶしゅう》の在さ。つまらぬところさ。男として生まれたが、たいした仕事はさせてもらえぬ。阿呆《あほ》のような代官に首ねっこを押さえつけられ、苛《いじ》めたくもない百姓を苛めるようなことばかりさせやがる。代々、そんなことをしてきた。わしはこんなことをするために生まれてきたのかと嫌になった」

「……」

佐山の鬱屈《うっくつ》が伝わってくる。

竜之助には竜之助の鬱屈があった。

どちらが重いのかは、おそらく比べようもあるまい。

「だが、異国にはもっとちがう世の中があるそうな。面白いらしい。とくにアメリカ、エゲレス、フランスなんぞはそれぞれ面白いらしい。行ってみたくないか、おぬし？」

「行ってみたい」

それは、いま思った。

竜之助の願いは、とにかく田安の屋敷を出ることだった。そこを出て、武者修行の旅に行くことだった。それで長年疑問に思ってきた自分の剣の秘密もかなり明らかにできるはずだった。異国などというのは、夢のさらに外にあった。だが、この男はその夢を持っているらしい。

竜之助のもうひとつの夢が、八丁堀の同心になることだった。その夢はかなった。夢を二つかなえるのは贅沢《ぜいたく》というものだろう。だが、佐山の話を聞いて、自分も機会があれば行ってみたいと思った。若さというのは、夢をかなえるためにあるのではないか。

そのとき、ぴゅうと、口笛のような音がした。

五

竜之助は立ち上がって、部屋の窓をすこし開け、

「鹿だ。神の鹿だ」

と、言った。言いながら、内心であきれた。やよいのやつは、なんというものを連れてきたのだろうと。

「鹿だと?」

佐山は真っ赤な顔で立ってきて、竜之助のわきから外を見た。

「げっ……」

道の向こうにいたのは、巨大な白鹿だった。子馬に鹿のツノをつけてつれてくるという約束だった。その場所を教えるため、佐山が厠《かわや》に立った隙に、白い布を

窓に結んでおいたのである。

だが、やよいは大きな白馬に鹿のツノをつけて出現させたのである。そのかわり、神々しさは期待の何倍もあった。

もっとも神々しさをもう一人の用心棒に見せつけるために、この鹿を出したのではない。やつらの仕掛けを単に利用されているだけのこの男に教えるために、出現させたのだ。

「神の鹿がなんで、また出てきたのだろう？」

と、佐山は言った。

「佐山さん。あんた、騙《だま》されてるぞ」

と、竜之助は言った。

「あれは、贋物だ。黒鹿党の鹿も贋物だ」

「そうなのか？」

「この前、あんたと似たような武士が殺されたのだ」

「なんだと」

「佐山さんも同じ運命だよ」

「どういうことだ？」

「おそらく、こういう手順なのではないかな。まず、これぞと目をつけた店に、予言をする者が現われる」

「そうだ。最初に願人《がんにん》坊主に扮した男が行くらしいぞ」

佐山もだいたいのことは聞いているらしい。

「そこで、神の使いが来るとか言うんですね」

「そう。それであの神の鹿が出現する」

「ところが、鹿は贋物」

「さっきの鹿もか？」

「あれなんか、白馬に鹿のツノをつけたのです。黒鹿党が使うのは、ヤギに鹿のツノをつけたものです」

「ヤギかい」

佐山は憮然《ぶぜん》とした。

「それで、神文を落とすのでしょう。用心棒を雇えと。すると、まさに神の使いのように用心棒が訪れる。だが、用心棒は単なる引き入れ役で、あと三人が入ってきて、店の者を脅し、千両箱を持っていく」

「そういうことだ。ひどいとは思うが、わしらには軍資金がいる。それに、誰も傷つけないというところが気に入ったのだ。そなた、何者か知らぬが、どういうつもりだ?」

ふいに警戒心をあらわにした。

「まずは、佐山さんが騙されてることを教えたかっただけです。それより、いままで襲われたところは、なぜ町方に届けなかったのだろう?」

「それはな、騙されて妙な証文に名を書き入れてるからさ」

「証文?」

「神の鹿に誓いを立ててうんぬんとあるのだが、それに署名させるとき、肝心なところをうまく折り曲げて隠しておくのさ」

「なるほど」

「それで開いてみると、倒幕の誓いうんぬんという文言が入っているのさ。とんでもないものに署名してしまったと震えあがってしまうさ。それを明らかにされたら、ただではすまない。ほかにもお札に、国家安康じゃないが、いちゃもんをつけられるものを入れたり、壁に倒幕うんぬんを大書されたり、いろいろ工夫をしているのさ」

だから、上総屋では小僧たちが一生懸命、壁を磨いていたのだ。倒幕の文字を消すために。

「よく考えたもんだな」

「あの首領は智慧《ちえ》がまわるよ」

「だが、その智慧は倒幕のために使っているわけではない。佐山さんみたいな、純粋な武士を利用するだけだ」

「では、黒鹿党は、倒幕の志を持たぬと？」

「ないでしょうね。こうした時勢に便乗したただの金目当てですよ。店に送り込むのに、顔を覚えられたら困るので、佐山さんたちのような倒幕の志士を利用しているのです」

「なんと」

「佐山さんだって、そのうち連中が怪しいのに気づくはずです。佐山さんの前の男もそうでした。それで結局、始末されたのです」

「なんだと……」

どうするか迷っているらしい。だが、竜之助はそれどころではない。

「乗り込んでくるのは三人ですね」

文治らがどこかに潜んでいる。窓の外に向けて、ぴいっと口笛を吹いた。

「あいにくだが、遅いな」

と、佐山が深刻な顔で言った。

「なぜだ？」

「すでに、合鍵を渡してある。いまごろは、家のなかに入っているだろう」

廊下で物音がした。

「待て」

と、止めるのも聞かず、佐山は飛び出した。

廊下の向こうに覆面をした武士が三人、抜き身の刀を下げて立っていた。

「きさまら、わしを騙したな」

佐山は言いながら廊下を進んだ。

すると、相手はいきなり斬りつけた。

「ぐわっ」

悲鳴ともつかぬ声をあげ、佐山は血飛沫《ちしぶき》を撒き散らしながら、昏倒した。

後ろから竜之助が出た。

「いきなりかよ」

と、竜之助は言った。語尾が怒りで震えている。

「おめえら、有無を言わさず、いきなり人を斬るかよ」

「なんだ、きさまは？」

「用心棒だよ」

「用心棒？」

「黒鹿党じゃなく、ここのあるじに雇われた用心棒さ」

「あの、クソが。余計なことを」

向こうの男が一人、左手の部屋に消えた。まもなく竜之助のわきから刀を突きたててくるのだろう。

「かわいそうになあ、佐山さん」

と、竜之助は遺骸になりはてた佐山を見て言った。

「けっ、こんな馬鹿者が」

「なんとかいい世の中をつくろうと思ってたんだぜ」

「できるわけねえだろうが。誰が天下を取ったって、所詮《しょせん》、腐るんだよ。この世ってところはよ」

覆面のまま、男は言った。

「おいら、そういう居直ったやつらはでえ嫌いだ」

本当に大嫌いだった。何の努力もせず、単におのれの性根に合わせて、この世は汚いとうそぶくやつ。おのれがきれいだなどとは思わないが、それでもやれる努力はすべきではないのか。

「ほう」

覆面の前がはたはたと震え、せせら笑ったのがわかった。

「これでおいらが同心になった甲斐《かい》もあるってもんだ」

「なんだと？　同心だと」

「おめえらみてえな極悪人を待っていたのさ」

刃に光が当たる。ろうそく問屋だけあって、廊下の隅に置かれた明かりは潤《じゅん》沢《たく》である。

刃がその明かりを反射させると——。

わきの障子に葵《あおい》の紋が映った。隠し紋である。

「あ、葵の紋……」

黒覆面の男がうめき、

「いいのか、てめえ、こんなことして。おれたちどころか、おめえまでもがお縄になるぜ」

白い手ぬぐいで顔を隠した男があきれた声を出した。

「いいのさ。おいらは子どものときから使っているので、なんとも思わねえ」

「何者だ、てめえ」

「八丁堀同心、徳川竜之助」

言いながら、すこし照れた。

「ふざけんじゃねえ。なにが徳川だっ」

そのとき、葵の紋を映していた障子が真っ二つに裂けた。この斬りこんできた刀を受けながら、竜之助は横の戸板を蹴った。

戸ははじけ飛び、右手に広い中庭が広がった。月光の下で影を刻むくらい明るい。

竜之助は飛び降りた。

「来いよ」

「てめえ」

三人も誘われたように飛び降りてきた。

中庭は白い小石が敷き詰められていた。白い小石は、中天の満月に照らされて、自らがうっすらと光り出しているようだった。ろうそく問屋の光右衛門は意外な趣味を持っているのか、それともありあまる資金に日をつけた造園家がいただけなのか、江戸の真ん中に見事な枯山水がひっそりと隠れていた。

中央にいる黒覆面の男が首領のようだった。

上段に構え、じわじわと間合いを詰めてきた。

左手にいる白い手ぬぐいで顔をおおった男は、竜之助の背中を斬るつもりか、ゆっくり視界からはずれていった。

一方、右手に回った、柄の手ぬぐいで鼻から下を隠した男は、目くらましを担当したかのように、突いて出るような、斬って出るような、どちらともつかぬ動きを、激しく繰り返している。

「あちゃあちゃ、きぇい」

といったかけ声がやたらと耳ざわりだった。

三人が同時にきた。

だが、敵が動き出すと同時に竜之助は、左の剣をかわしながらすり抜け、一度も剣を打ち合うことなく、斜めに斬り下げた。軽く斬った。だが、太い血の道は断った。血は驚いたように高々と、夜を染めようとするかのように舞った。しゃあっという音がして、錆《さび》臭い匂いが漂った。

その凄《すさ》まじさに、右手の男の動きが止まった。

「行け、権蔵《ごんぞう》」

と、黒覆面の男が言った。

先に行かして、その隙に突っ込んでくるつもりである。

だが、権蔵という男は出てこない。

「こちらから行こうか」

と、竜之助は訊いた。

「わあああっ」

権蔵が刀を振り回しながら突っ込んできた。これを見切り、隙だらけの刀と遊ぶように、軽く何度か合わせ、一歩踏み込んだときは、敵の刀を巻き取るようにしながら横に飛ばした。

飛んだ刀は、黒覆面の顔をかすめるように飛び、ついでに覆面を両断した。はらりと覆面が落ち、顔が現われた。端整な、苦労も知らずに育ったような顔立ちだった。もしかしたら、旗本の次男坊、三男坊あたりなのか。

長刀を失った男はすぐに短刀を抜いて突進してきたが、もはや足取りすら混乱している。よろけるように竜之助の前に立つと、袈裟懸けに深々と斬られ、痛みさえ感じる暇もないであろう、即死だった。

「ペストルの弾が飛び交う時代だってえのに、おいらも時代遅れの男だよなあ」

自嘲《じちょう》するように竜之助は言った。

「将軍家兵法指南としての柳生新陰流の役目は六代将軍家宣公で絶えたとされるが、じつは秘伝の技がひそかにその後も伝えられていたと聞いたら驚くかい？」

じっさいそう言われている。柳生新陰流の本流は尾張に伝わり、江戸柳生の道筋は絶えたと。

「なんだと」

「見せてやるよ。正統、葵新陰流」

葵新陰流などという流派が本当にあるのかどうかは知らない。竜之助がひそかに名づけたのである。

だが、本当にこの黒鹿党の頭領が葵新陰流の剣を見たかどうかはわからない。

白い刃が、なにやら月の光をはね返しながら燕《つばめ》のように飛んで、おのれの身体をかすめたような気がしたときは、本当に五体が散乱するような感覚を味わいつつ、意識を失っていたからである。

竜之助はすこし疲労を覚えながら、八丁堀の役宅へともどった。

疲労は剣戟《けんげき》によるものではなく、矢崎三五郎になぜ一人くらいは生かしておかなかったのかと、みっちり油を絞られたからである。

だが、玄関を入ると、もっと疲れるようなことが待っていた。

中で起きている異変は、玄関にある草履の数からも想像できる。

八人分の草履があった。

「若さま……」

やよいが困った顔で出てきた。

「なんだよ、これは？」

「この前の人たちと、それと対立する人たちとが……」

「嘘だろ」

いっしょにやって来たらしい。

うんざりしたが、会わなければまた押しかけるのだろう。

奥の居間に、八人の客が四人ずつ向かい合って対峙していた。すでにばちばちと火花が散っているのは、入ってすぐにわかった。

「竜之助さま」

「わけがわからない。

「竜之助さま」

「わがほうのために、ご養子に」

「いいえ、わがほうのためにこそ、ご養子に」

わけがわからない。

「きさまら、急に寝返るように竜之助さま擁護にまわるなど」

「そのほうらこそ、自らの利益のためだけに竜之助さまを」

互いに立て膝になり、刀に手をかけ——。

あいだにいた竜之助が流れるように二派のあいだを動いた。抜こうとする手を叩き、刀を抜きながら天井に飛ばし、顔を張りながら、刀を飛ばし……、八人目の刀は相手に叩きつけようという寸前だったが、これもねじるように天井に飛ばし、すり抜けたとき、八人の男たちはしびれる手をだらりとさせ、呆然《ぼうぜん》と天井を見ている。

天井には、刀が八本、突き刺さっているではないか。

「これは……」

誰かがつぶやくと、

「秘伝無刀取り」

と、竜之助が小さな声で言った。柳生流に数ある秘剣のなかでも屈指の難しい技である。

「さ。この刀を片づけて、お引き取り願おう」

「わかりました」

自分たちがいかに大きな恥をさらしたか、天井の刀を見て、ようやく痛感したらしい。

のろのろと、いかにも恥ずかしげに男たちは立ち去っていく。だが、最後のほうの一人がふと、振り向いて、

「竜之助さま。一つだけ、ご忠告になるかどうか……竜之助さまに、六代家宣公のときに絶えたはずの新陰流の極意が伝わっているという話があるのはまことでございますか？」

「……」

いま見せたのがそれだとはわかっていないらしい。こうした御仁は紙に書いてあげなければ何も理解できなかったりする。

「いえ、そのお答えは期待いたしませぬ。ただ、その新陰流の極意はならぬと、いくつかの徳川家と、その意を受けた者たちが動き出したとか……。なにとぞ、

くれぐれもご自愛たまわりますよう」

男はそう言って、深々と頭を下げたのだった。

「よかったです」

と、やよいが言った。

「何がよかったんだ？」

「心配していた動きとは別のものだったようです。先ほどあの者たちが申しておりましたように、竜之助さまの剣の極意を抹殺しようとする者たちもいるのです」

「抹殺かよ。習いたきゃ伝授してやるのによお」

うんざりして、刀を刀掛けに置こうとしたとき、

「あ」

思い出したことがあった。

「忘れていた」

「なにを？」

「今日は満月だった。満月の夜には座禅を組むことになっておった」

「もう遅いですよ」

「いや、行く」

狆海との約束である。雲海との約束ならまだしも、狆海との約束は破るわけにはいかない。

本郷の大海寺まで凄《すご》い速さで駆けつけた。

「遅い、馬鹿者」

雲海和尚は、本堂の前で、警策《けいさく》ではなく竹刀を持って待っていた。

「早く座れ、ほら」

すでに無の境地に入ったらしい狆海の隣に座った。

狆海は無の境地からすこし顔を出したらしく、薄目をあけてこちらを見、にこりと笑った。つられて竜之助も笑った。

ばしっ。

と、竹刀が肩に叩きつけられた。痛っ。警策だろう、警策。

それでもなんとか座禅に没頭しようとする。閉じた目の中を、刃が走り、血飛沫が舞う。甲州屋の中庭での立ち回りが、まだ頭に残っている。こんな頭の中を、僧侶に知られたらどうなることか。

静かに息を吸い、静かに息を吐く。

おのれを大海にゆだねるように。

雲海がなにか言っている。せっかく没頭しかけたのに。

「竜之助。同心とは何ぞや！」

これが禅問答か。

「同じ心を持つことかと」

「同じ心？」

「罪を犯した者の気持ちになって、なぜそれを犯したかを見定めることかと思ったりして……」

最後は自信なさげになってしまう。

「なんじゃ、はっきりせぬのう」

「あ、そのうちわかるかと」

「馬鹿者」

また、竹刀が叩きつけられた。鍛えあげた肉も表面は痛い。顔がゆがみ、背が曲がる。座禅では警策だろ、警策。あの、平たいやつ……。

本書は２００７年9月に小社より刊行された作品の新装版です。

双葉文庫

か-29-36

若《わか》さま同心《どうしん》　徳川竜之助《とくがわりゆうのすけ》【一】

消《き》えた十手《じって》〈新装版《しんそうばん》〉

2020年11月15日　第1刷発行

【著者】

風野真知雄《かぜのまちお》

【発行者】

箕浦克史

【発行所】

株式会社双葉社

〒162-8540 東京都新宿区東五軒町3番28号

［電話］03-5261-4818(営業)　03-5261-4833(編集)

www.futabasha.co.jp(双葉社の書籍・コミックが買えます)

【印刷所】

中央精版印刷株式会社

【製本所】

中央精版印刷株式会社

【フォーマット・デザイン】

日下潤一

ISBN978-4-575-67026-4 C0193

Printed in Japan